論創海外ミステリ
303

サインはヒバリ

パリの少年探偵団

ピエール・ヴェリー
塚原史［訳］

論創社

Signé:Alouette
1960
by Pierre Véry

目次

主要登場人物

ノエル・ド・サンテーグル……パリのリュドヴィック学園五年生。十一歳。ユベールの息子
ドミニック…………リュドヴィック学園五年生。十三歳。レストラン〈デュラック〉店主の息子
ババ・オ・ラム（アリ）…………レストラン〈デュラック〉で働く少年。十四歳
アンチョビ・フェース（エルンスト・ラジュー）……リュドヴィック学園五年生
黒メガネの巨人…………怪しい大男
ユベール・ド・サンテーグル……ノエルの父親。大新聞社の社長
フランソワーズ＝ポール・ド・サンテーグル（芸名マリレーヌ）……ノエルの母親、女優
マルソー…………ギャングのボス
ヴァンサン…………マルソーの手下のギャング
トニー…………マルソーの手下
スプートニク・ドゥ…………大型のプードル犬

サインはヒバリ

第一章　目隠し鬼

ギリシア神話の巨人ヘラクレスみたいな大男がミニチュア・グレーハウンドと大型バセット・ハウンドのミックスらしい、めったに見かけない犬のリードを引っ張っていた。まったく、自然のいたずらのような犬だ。

　男は両はじが細長くたれた口ひげを伸ばし、その先端は、もじゃもじゃのあごひげに入りこんでいた。革ひもに結んだ小さな黒い箱を肩から掛けて、男は小股で歩いてモーツァルト大通り（パリ市一六区）を離れるとラヌラグ通りに入った。

　リュドヴィック学園（私立の小中高一貫校）の校庭では、ドミニック・デュラックがエルンスト・ラジューと「商談」中だ。エルンストは毛皮商人の息子で、イワシのアンチョビみたいに痩せてあごが突き出た顔つきだったから、ドミニックは彼に「アンチョビ・フェース」というあだ名を付けていた。ドミニックは中古のカミソリ研ぎ器を捕虫網と交換しようと持ちかけたのだ。人間でも他の生き物でも、何でも捕まえられる道具に熱中していたから、魚取りの簗《やな》やネズミ取りを集めたり、兎用のくくり罠《わな》を自分で作ったりさえした。ポケットには、いつもナイロン糸の投げ縄を忍ばせ、ドミニックの夢はオオカミ用の罠を手に入れることだった。

　まさに天性の猟師というわけだ。

そんな息子を見て、父はこんな皮肉をいったものだ――「やれやれ、この子はいつか、池の中の月をすくい取る網を発明するぞ！」

カミソリ研ぎ器にモナコ皇子とグレース・ケリーの結婚記念切手（二枚もっていたのだ）を付けて、ドミニックは捕虫網を手に入れた。

大もうけの取り引きだ！

じつは、カミソリ研ぎ器は、別のクラスメートのノエル・ド・サンテーグルからヨーヨーと交換に巻き上げたもので、ヨーヨーは無料の宣伝用吸い取り紙《ビュヴァール》二ダースと交換して手に入れたし、宣伝用吸い取り紙はビー玉の戦利品だから、どれも元手はかかっていない。

そんなわけで、結局、補虫網はただでドミニックのものになった。

その晩すでに、彼は魚屋の息子ジャン＝マリー・ジュコーと、補虫網をウナギ取りの梁と交換するつもりになっていた。一ヵ月後に迫った夏休みには、そのほうが役立つと思ったからだ（その日は六月十日だった）。

交換に交換を重ねて、ドミニックはいつか捕鯨船の船長になって――神様のつぎに偉いマスターだ！――太平洋かインド洋で、マッコウ鯨を銛《もり》で追いかける日が来る夢を追い続けている。

さて、リュドヴィック学園の校庭の鉄柵のそばに立っていたドミニックは、あのヘラクレスみたいな大男が意外にも小股で近づいてくるのを見つけて、とっさにある計画を思いついた。「目隠し鬼やるぞ！」と、彼は叫んだ。

ドミニックは、膝の上でハンカチを折って細い帯を作り始めた。もとは白かったとはとても思えないほど灰色になったハンカチだ。さっきのかけ声で集まって来た悪童どもをいたずらっぽく見ながら、わざとゆっくり、このハンカチで鬼用の目隠しを作るのだ――共犯者全員の視線が、ドミニックに集中した！

彼が鬼選びをためらうふりをしていることは、誰の目にも明らかだった。犠牲者がもう決まっていることを、みんなが知っていた。そう、今度もまた、目隠し鬼はノエルだろう。

ドミニックはノエルが嫌いではなかったが、彼の態度が気にさわる時はいつも「鈍いやつだ！」というのだった。

予想どおり、目隠しの布はノエルの両目の上に当てられた。

「あとは自分で縛れよ」というわけだ。

ノエルのほうでも、自分が鬼になることを察していたから、抵抗する気はなかった。ある意味では、ノエルはドミニックの敵意に感謝さえしていた。それまでも、仲良くなれるなら何でもしただろうが、そうならなかったので、ドミニックにいじめられることに、かえってある種の喜びさえ感じていた。結局、意地悪は関心がある証拠であり、無関心より、ずっとよかったのだ！

なぜドミニックに嫌われるのかなと、ノエルはいつも不思議に思っていた。彼のファミリーネームが「サンテーグル」だからだろうか？「聖なる鷲」を意味する名前なので、からかわれやすく、ノエルは「サン・メルル《聖なるツグミ》」とか「サン・サンソネ《聖なるホシムクドリ》」、「サン・ロシニョル《聖なる夜鳴きウグイス》」などと、よく呼ばれたし、ちびでやせっぽちだったから「サン・ムスティック《聖なる蚊》」と呼ばれることさえあった。

それとも、苗字に「ド」のつく名前だからだろうか？　つまり「ノエル・ド・サンテーグル」なのだが、ドミニックは「ドミニック・デュラック」だけだ。「デュ・ラック」と二語でも書けそうだが、「デュラック」一語だけだった（「ド」は歴史的には旧貴族を表す）。いや、そんなことはありえない。「ド」があってもなくても、ドミニックにはたしかに無関係だった。

それとも、ノエルのパパのユベール・ド・サンテーグル氏が新聞業界の大物だからだろうか？　こちらは週刊誌と日刊紙あわせて二社の社長だが、ドミニックのパパは北アフリカ料理のごく平凡なレストランの主人で、クスクス（小麦粉を粒状にゆでたパスタ）や羊の焼肉《メシュイ》や羊の串焼き《シシケバブ》が看板料理だった。

ドミニックのママ、マダム・エステル・デュラックが、台所でクスクス用の小麦粉《スムール》の生地を伸ばしているあいだに、ノエルのママ、フランソワーズ＝ポール・ド・サンテーグルは、カクテル・パーティーや夜会《ガラ》のためにサロンや美容院を飛びまわり、夫のコネで、映画や演劇からテレビまでちょっとした女優業にも精を出して、愛嬌をふりまいていた。芸名はＭＡＲＹＬＡＹＮＥ（マリレーヌ）で、Ｙが二つあるのはおかしかったが、ドミニックは、よその家のことにはまったく無関心だった。じつは、フランソワーズ＝ポール・ド・サンテーグルは、ノエルを産んだ実の母親ではなくて、ノエルは養護施設で育って、ド・サンテーグル家の養子になったのだが、リュドヴィック学園で、そのことを知る者はひとりもいなかった。

目隠しをして、ノエルは不器用にぐるぐるまわり、つまずいては手探りし、時々あやつり人形のように両手を前に突きだしたが、空気しかつかめなくて、みんなの笑いを誘った。

「通りへ出るぞ！」と、ドミニックはジュコーにささやいた。

少年たちの口から口へと伝言が伝わり、みんなが歓声を上げて校門の鉄柵に向かうと、ノエルも声をたよりに、あとに続いた。

そのあいだじゅう、自分はなぜドミニックに好かれないのかなと、ノエルは考え続けた。

サンテーグル家がマレシャル＝フランシェ＝デスペレー大通りの、花壇のあるテラス付きの超豪華なマンションに住んでいるからだろうか。ブーローニュの森（パリ西部の広大な森林で十六区に隣接）沿いの、この広い並木道は、森の湖水のすぐそばを通っている。デュラック家のほうは、狭くて庶民的なデュバン通りのアパート住まいだった。いや、そんなはずはない！　ドミニックは、そんなこと全然気にしやしないさ！

それとも、パパのド・サンテーグル氏が大金持ちだからだろうか？　でも、お金のことを、ドミニックはひどく軽蔑していた。それに、レストランが繁昌《はんじょう》していたから、デュラック家はお金に困ってはいなかった。

鉄柵を乗り越える前に、ドミニックは校庭をすばやく見まわした。生徒監督の教師はいつも胸焼けに悩んでいて、生徒から「炭酸ソーダ」とあだ名で呼ばれる若い先生で、校庭に立てられたポールにもたれて、シェークスピアの『ロメオとジュリエット』を原文で読んでいる。大学で英語の学士号の準備中だったのだ。

リュドヴィック学園は個人の邸宅を転用した四階建ての立派な校舎だったが、その時、どの窓にも人影はなかった。つまり、校庭から抜け出しても、校長先生に見つかる心配はなかった。大政治家クレマンソー（第一次世界大戦中のフランス首相）風のみごとな口ひげが目立つ、気むずかしそうな顔つきの奥で、リュドヴィック校長はとても優しい先生だったが、授業をさぼるのを見逃してはくれない。

それでも、ドミニックは鉄柵の扉を開けた。

あとから、目隠しで歩道に出たノエルは、まず木の幹にぶつかり、驚いてあとずさりして、今度はベンチにぶつかる。思いがけない障害物にまごついて、一瞬動けなくなった。

それから、すっかり混乱して、車道の方に歩きだした。

「車にひかれるぞ！」と、レオン・グロリエが叫ぶ。パッシー通りの豚の加工肉専門店《シャルキュトリー》の息子だ。

「だいじょうぶ！　計画通りさ！」と、ドミニックがこっそり答える。

ちょうどその時、アンチョビ・フェースは、あのヘラクレスみたいな大男がすぐそばまで近づいているのに気づき、ドミニックの計画を見抜いた。

「それはないよ！　ひどすぎる」

でも、もう遅かった。

両手をまた前に伸ばして、ノエルはドミニックをつかまえるつもりで突進したが、まんまとだまされたので、ドミニックはにやにやしている。

ノエルがつかんだのは、じつは大男のほうだったのだ！　ノエルは大男にさわって、この巨大なかたまりが誰なのかたしかめるために、顔のあたりまで手探りしようと苦労していた。

「何だ、何なんだ、これは？」と、男はひどく困った様子で叫んだ。

ノエルはびっくりして手を離し、目隠しをはずした。よく見ると、学校の前の歩道に立っていたのだ。

「ごめんなさい、ムッシュー」と、ノエルはいった。

その時初めて、彼は男をこの目で見た。白い杖を握り、黒メガネをかけた、目の不自由な大男だった。

校庭の仲間たちと合流していたドミニックは、柵の近くで、うす笑いを浮かべていた。いや味で、悪質な笑いだ。

「ほ、ほんとうに、ご、ごめんなさい、ムッシュー」と、ノエルは口ごもりながらいった。あなたを押し倒してしまうところでした。目隠し鬼をして遊んでいたので、校庭から出てしまったとは知らなかったんです」

「なに、だいじょうぶさ」と、大男はやさしくいった。「私だって、子どもの頃はね、目が見えたから目の不自由なまねをするのは楽しかった……そう、目隠しをして遊んだものだよ！」

雑種のバセット犬が、なれなれしく、ノエルのか細いふくらはぎの臭いを嗅いでいる。

「近くにベンチはないかな？」と、目の不自由な男はたずねた。

「はい、すぐ近くです。どうぞ、こちらへ」

ノエルは大男の手を引いて、ベンチに連れて行く。

男はすぐに座って、手の平でベンチをたたく。

「ここだ、スプートニク」

犬はベンチに飛び乗り、ノエルがやさしくなでてやる。

「こいつの名前はスプートニクさ。ロシア語で《旅の道づれ》という意味らしい。たしかに、私の道づれなんだ。こいつがいなかったら、どこへも行けやしないんだが、しゃべれないのが残念だ。言葉が話せれば、壁のポスターや映画の宣伝や、いろんな広告の話をしてくれるのに！」

ノエルは、胸がすっかりしめつけられる思いだった。

もちろん、世の中に目の不自由な人がいることは、誰でも知っている。でも、その人たちのことを、本気で心配しているだろうか？　目が見えないとはどんなことなのか、本気で考えているだろうか？目が見えないとは、人生の最後まで暗闇のなかで生きること、暗闇のなかで苦しみ続けることだ！

ノエルは、暗闇をひどく恐れていた。真夜中に、まだ半分眠っている状態で目が覚めるとすっかりパニックにおちいり、ランプのスイッチがどこだか、わからなくなってしまうのだ。

「ところで僕ちゃん、君の名前は？」

「ノエルです」

「ありがとう、すてきな名前だね。ノエル誰さんかな？」

「サンテーグルです」

「目が見えなくても、涙は出るのかな？」ノエルがそんなことを考えていると、大男はびっくりした様子でいった。

「なんだって！　君のお父さんは、ひょっとしたら新聞王の、あのサンテーグルじゃないだろうね？」

「そうです。父を、ご存知ですか？」

「冗談じゃない！　みんなと同じで、名前しか知らんよ。ところで、君はいくつかな？」

「十一歳です」

その時、生徒監督の声が聞こえてきて、ノエルは思わず跳び上がった。

「おやおや、サンテーグル、大変だね！　学校の外に出てはいけないんだろう？」

「ええ、戻らなくては」と、少年は目の不自由な男にいった。「さよなら、ムッシュー」

ノエルに事故があったら大ごとだと、生徒監督は気が気ではなかった。

「ノエル、土曜の午後、二時間居残りになってもしかたないぞ」

すると、ドミニックが前に出る。

「ぼくのせいです、先生。ノエルは目隠しをしていたから、歩道に出たことを知らなかったんです」

「それじゃあ、君も罰を受けるんだ。罰が重なるぞ！」

「しまった、今度の木曜休みはお流れか！」と、ドミニックはつぶやいた。

でも、生徒監督は『ロメオとジュリエット』のいちばんほろりとする場面のひとつを読み終えたばかりだったから、すっかりやさしい気持ちになっていた。

「君たちの正直さを考慮して、今回の罰は見送ることにしよう。だが、君たちには頭があるじゃないか？　それも、大きな頭が。デュラック、君の考えでは、頭は何のためにある？　その上に髪の毛を生やすためだけかな？」

生徒たちが、どっと笑った。

「もちろん、ちがいます、先生」

「頭は考えるためにある。だから、これからは、君たちが何かしたら起こるかもしれない結果を考慮するんだ。そうすれば、ばかなことはしなくてすむだろう」

若い先生は、シェークスピアに鼻先をつっこんで遠ざかった。

ノエルは少し離れて、石段のうえに座って外を見た。

さっきの目の不自由な男は、膝のうえに黒い小箱を置いて、箱の中を手探りしていた。

ノエルは眼を閉じた。両方の閉じたまぶたから、涙がぽつりと落ちた。

「だからいっただろう、こいつは鈍いやつだって」と、ドミニックはいった。「居残りになりそうになって、泣いてるのか！　蚊みたいにきゃしゃなサン・ムスティックだな。さあ、元気出せよ！」

でも、ノエルが涙を流したのは叱られたせいではなくて、目の不自由な男を思ってのことだった。

「もう二度と目隠し鬼はやらないぞ！」と、彼はつぶやいた。

★

四時になると、第七学年（小学校の最終学年）と、第六、第五学年（中学校の最初の二学年）の生徒たちには、おじいちゃんのヴァンサン先生が指導する唱歌の補習があった。みんな、先生が大好きだったが、尊敬の気持ちより、あだ名をつけたいという気持ちのほうが強かったので、先生は「ダブル・クロッシェ」（十六分音符）と呼ばれていた！

学年末の表彰式で歌うために、生徒たちは「やさしいヒバリ《ジャンティユ・アルエット》（フランスとカナダで有名な童謡）」の練習をしなくてはならなかった。

ノエルは天使の歌声の持ち主で「サン・ロシニョル」（聖なる夜鳴きウグイス）と呼ばれていたから、彼がソロを歌い、他の生徒たちは合唱になるだろう。アンチョビ・フェースはそのことに嫉妬して、あいつはヴァンサン先生のお気に入りさ、とからかったものだが、それはまちがいだった。アンチョビ・フェースも歌は上手だったが、ノエルの水晶のような声のほうが、もっとピュアだ。それだけのことだ。

アルエット・ジャンティユ・アルエット
アルエット・ジュ・トゥ・プリュムレ！
ジュ・トゥ・プリュムレ・ラ・テット……
ヒバリさん、やさしいヒバリさん

君の羽根をむしっちゃえ
君の頭もむしっちゃえ……

　でも、その日の午後、ノエルは歌う気分にはなれず、陽気な調子の曲を陰気に歌ってしまったので、ヴァンサン先生はがっかりした。

「そうじゃない、全然ちがうぞ！　それじゃあ、葬式の歌みたいだ。お祭りの気分で歌うんじゃ。元気よく、さあ、陽気に歌おう！」

「陽気に歌おう！」といわれても、ノエルは目の不自由な男のことが頭から離れなかった。

　そこで、ようやく、授業の終わりの鐘が鳴った。

　自由だ！

　生徒たちの群れが校門に押し寄せ、鉄柵が開くと、いつもの大騒ぎだ。

「おい、シャピュイ、目に毛が生えた怖いおばさんの店に、フーセンガム買いに行こうか？」

「今日はだめなんだ！叔父さんの家に行って、ラジコンのヴェルサイユ（シムカ社製乗用車の模型）のクラクションを直してくれたかどうか、見てこなくちゃあ……」

「じゃあ、さよなら《サリュ》！　また明日！」

「さよなら！」、近くの女子校リセ・モリエールの前では、女子生徒たちが、腕が外れそうなほど強く手を握り合っている。

　こうして、十一歳から十六歳までの仲良しの生徒たちが、学校カバン《カルタブル》をふくらはぎにぶつけながら、楽しそうに遠ざかってゆく。

リュドヴィック学園の校庭では、ひと握りの寄宿生たちが、彼らが下校するのを悲しそうに見ていた。

歩道では、ノエルがドミニックに答案をこっそり手渡している。いいかげんな文法や、つづりの間違いを直してくれたのだ。ドミニックは、それを書き写すほかはなかった。

「悪いな、サン・ムスティック！」と、彼がふざけた調子でいうと、ノエルは複雑な気持ちだった。

「あいつが、ぼくを好きじゃないのはわかってる。ちびで、弱いし、速く走れないんだから」

たしかに、ノエルはもうすぐ十二歳なのに十歳以上には見えなかったが、ドミニックは十三歳なのに十五歳には見えた。

でも、強くて、二人分の力こぶをもっているからこそ、ドミニックはこの弱い少年を守ってやり、彼の保護者の役を引き受けることで、誇らしい気持ちになれたのだ。

ただ、二人のあいだの友情を手に入れるために、ノエルは目立ちすぎるほどの努力を惜しまなかった。ちょっとしたプレゼントや、ドミニックのフランス語朗読とラテン語作文の試験で影の「協力者」になったりしただけでなく、何かというとドミニックの話題にふれたり、彼をちらちら見たりすることが、ドミニックには迷惑だったのだ。

友情はおねだりして手に入れるものではないし、お情けで寄付するような感情でもない。友情とは本来、自発的に生まれるものだ。一方的に手を伸ばしたとたんに、友情は逃げ出してしまう。幼い子どもたちに話して聞かせる小鳥の話と同じで、鳥を捕まえるには、くちばしの先にではなくて、尾羽のうえに餌をひとつぶ置けばよい。やれやれ、誰もわかってくれそうにない話だ！

さて、黒メガネの大男は、あいかわらずベンチに腰かけて、膝のうえの開いた小箱にかがみこんでいた。

「こんにちは《ボンジュール》、ムッシュー」と、ノエルはいった。

「やあ、ノエル。学校はもう終わったかな？　いま、何時だろう？」

「四時半です、ムッシュー。毎日、四時半が下校時間なんです」
五、六人の生徒たちが集まってきて、目の不自由な男をとりかこんだ。十四歳の北アフリカ出身の少年も、あとから合流した。学園の生徒ではなくて、デュラックのレストランで皿洗いをしている。けっこう疲れる仕事だが、笑顔でこなしていた。笑顔といっても、はじめはごく単純で、始終笑っているだけだったのだ！　誰かに見られたり、「アリ、こっちだ！」と呼ばれたりする時は、いつでも笑っていた。そのうち、誰にも見られなくても、誰にも呼ばれなくても、笑えるようになった。のどの奥に空っぽにならない笑い袋があるみたいだ。他の子どもたちなら、泣き声や悪口を山ほどためこんでいるのに。
この少年を、ドミニックはババ・オ・ラム（ラム酒漬けケーキ）と呼んでいた。最初は、もちろん本名のアリをアリババに変えて、アリババがアリババ・オ・ラムになったのだが、長すぎたので、アリが消えて「ババ・オ・ラム」に落ち着いたというわけだ。

ノエルは、この北アフリカから来た少年がうらやましかった。ババ・オ・ラムは、ドミニックの友情を手に入れていたからだ。二人は親指と人差し指のように仲がよかった。

土日と木曜以外は毎日、四時半になると、ババ・オ・ラムはキッチンのブルーの仕事着に油のしみが星座のように着いた白いエプロンのままで、ドミニックを迎えに参上するのだった。ドミニックのことを、彼はいつも「グラン・シェフ（総料理長）」と呼んで、笑っていた。

目の不自由な男の小箱には、ブラシが付いていた。

「私が作ったのさ」と、大男は言った。「服のブラシ、靴のブラシ、爪のブラシ、歯ブラシから、まつ毛のブラシまで、目の不自由な人たちはあらゆる種類のブラシ作りの名人だが、まつ毛のブラシはいちばんの傑作だ。二つの目が見えなくなってからは、十本の指先や二つの耳に、新しい目が生えてきた感じなんだよ、えらそうな若造めが！」と、彼はアンチョビ・フェースにきつい調子でうなった。

アンチョビ・フェースが「歯ブラシを作っても、月に一度歯を磨くかどうかな！」と、仲間のグロリエにささやいたのを聞きとがめたのだ。「気をつけろよ。私には私なりに君たちが見えるし、臭いもわかるんだぞ！」と、目の不自由な男は言葉を続けてババ・オ・ラムをふりかえり、「君は羊の脂肪の臭いがひどいな」といったので、みんなは開いた口がふさがらなかった。

目の不自由な男は、小箱のふたをしめる。「私の店は閉店だよ。ノエル、迎えの車の運転手を待たせてはいかんぞ」

「だいじょうぶです」と、ノエル。「パパは朝と午後二時（昼食は家で取る）には、新聞社に行く途中に、学校まで車で送ってくれますが、お昼と夕方には、ぼくひとりで歩いて帰ります。うちは、学校から十分くらいなんです」

ちょうどその時、犬たちの激しく吠える声が聞こえた。ボクサー犬と、いっしょに散歩中のジャーマン・シェパード犬が、一匹の猫を見つけたのだ。そいつは雄猫で、駐車中の自動車の下に逃げ込んだが、犬たちは大きすぎたから、車の下に入って猫を追い出せなかったので、イノシシ狩りのように、いっせいに吠えたてたというわけだ。

そこへ突然、目の不自由な男の犬が参加して、三匹になってしまった！

「スプートニク！　こっちだ、スプートニク！」

男の「忠実な道連れ」は、ご主人の命令にしたがうには興奮しすぎていた。二匹の大型犬より背が低かったから、スプートニクは車体の下に入りこみ、うなり声をあげて威嚇する猫に近づいた。

追い出された雄猫は驚異的なジャンプで通りを横断して、三匹の犬たちがあとに続き、車のブレーキがきしむ音や、運転手たちの罵声が聞こえた。

「スプートニク！　スプートニク！」、目の不自由な男は必死に叫んだ。

猫は全身の毛を逆立てながら、ブーランヴィリエ通りの奥に消え、三匹の犬たちもあとに続いた。その後数秒のあいだは、ボクサーとジャーマン・シェパードを圧倒するスプートニクのかん高い吠え声が聞こえたが、やがて何も聞こえなくなった。

「犬たちが消えたぞ」と、通りの角まで走ってきたババ・オ・ラムがいう。

少年たちはスプートニクの脱走が意味する悲劇を理解したが、目の不自由な男のほうをこっそりと見るほかはなかった。男はいらいらして、黒い小箱を指先でたたいている。

「あの犬は、もう戻らない。といっても、あいつが来てから、まだ二週間にしかならんのだ。やはり、私になついていなかったんだな」作り笑いをしようとしながら「かまうものか！　白い杖があれば何も恐れることはない」といって、犬たちが走り去った方角に、見えない目をむけた。「車にひかれなければよいが、ばかなやつだ！」そして、立ち上がった。「さて、お別れだ。さよなら子どもたち」

ノエルは巨人を見つめていた。とても小さくて、とても弱い少年は、はるかに巨大で、はるかに強い男がかわいそうになって、ひどく心を動かされたのだ。今、この男は無力であり、街の迷路の暗闇の囚人だった。街の迷路には、歩道や並木や樹木の下の柵や工事現場など、いたるところに罠《わな》が仕掛けられている。車道もそうだ！……目の見えない人にとっては、走り去るどの車にも、死神がハンドルを握っているのだ。

「ひとりで帰らなくても、ムッシュー。ぼくたちがいっしょに行きますよ」

大男は、はじめは断った。住所はセーヌ川沿いのルイ・ブレリオ河岸一六八番地で、それほど遠くはなかった。

でも、少年たちが言い張ったので、結局申し出を受け入れた。

こうして、目の不自由な男は、少年団に導かれて家に帰ることになった。少年たちは、男の足が小石や果物の皮を踏んづけてすべらないように注意しながら、用心深く小股で歩いた。「気をつけて、歩道に着きますよ。あと三歩……もう一歩、さあ着いたぞ」ノエルは目の不自由な男の左手を取り、男は右手の杖でアスファルトの道路を軽くたたいた。

一六八番地の前で、彼らはびっくりした。そこは空き地だったのだ。

「一六八じゃなくて、一六六番地だよ」と、男はいった。

一六六番地は新築の家で、タイル張りの広いエントランスがある。

「ほらここだ《ヴォワラ》、我が家に着いたよ。ありがとう、子どもたち。早くうちに帰りなさい。さもないと、叱られるぞ。さよなら、私のパパ・ノエル！（サンタクロースのことだが、ふざけた呼び方）」

少年たちが遠ざかり、いちばん近い通りの角を曲がるまで、男は白い杖を握った手を親しげに振って、笑いながらこう叫んだ。

「車に気をつけて！」

それから、玄関のポーチに入っていった。

すると、コンシェルジュ（住み込みの管理人）の女性がロッジから出てきた。

「何かご用ですか、ムッシュー？」

「失礼、マダム。こちらはたしか七四番地ですね？」と、目の不自由な男がたずねる。

「まさか！　全然ちがいますわ。七四番地はもっと遠くです、おかわいそうに」と、コンシェルジュが同情する。「ここは一六六番地よ」

「そうでしたか。どうも違うような気がしていたんで。まちがった方角を教えられましてね。失礼します、マダム」

こうして、大男はアスファルトの歩道を杖でたたきながら立ち去った。

しばらくのあいだ、コンシェルジュは彼を目で追いながら、肩をすくめた。

「目の見えない人に嘘を教えるなんて！　ひどい人たちがいるもんだね！」

第二章　不思議なメッセージ

ノエルのパパ、ユベール・ド・サンテーグル氏は、その日のひどく疲れる仕事から一息ついて、政治の話題もひとまずお休みにして、クロスワードパズルに取り組んでいた。「コウノトリたちが彼か彼女のベッドのそばで眠る」、三文字の単語か。「人間用ではありません」、こっちは五文字か。コウノトリは誰のベッドのそばで眠るんだ？　人間用じゃないものだって？

その晩、サンテーグル夫妻は自邸で盛大なパーティーを終えたばかりだった。招待客の有名人には、美術大臣官房長、コメディ・フランセーズ（古典劇専門の国立劇場）支配人、ラジオ局の美術番組ディレクターたちがいたから、サンテーグル夫人（マリレーヌ）は、すっかり興奮していた。彼女の芸術的野心を忘れてはならない。ディナーでは、たくさんの重要なことが話題になったらしいのだ。

その前に、彼女は白衣のコック長バルナベが静かに、ひどく慎重に、食卓の用意をするのを見ていた。「スコットランドの古城で幽霊の修業を積んだ、とびきりの幽霊みたいね！」と彼女は思った。サンテーグル家ではすべてが豪華だったから、それほどでもないものでも、なんでもゴージャスに見えた！　銅の食器は黄金製に、陶器類は雪花石膏製に、シャンデリアの輝くクリスタルガラスは『アラビアン・ナイト（千一夜物語）』の伝説的な宝石みたいだった。

突然、ガシャンと大きな音がして、マリレーヌとバルナベは、からだ中の血が凍りそうになった。

ノエルの弟シャルルが目隠しをしたまま、両腕を前に伸ばして、食堂に入って来たところだった。なんとシャルルは、ワゴンからバカラのクリスタルの高級な水さし《カラフ》を落として、カラフが大理石のタイルの上で砕け散ったのだ。現品かぎりの貴重品だったから、ひとつでも欠けると食堂の備品全体がふぞろいになってしまう。

ド・サンテーグル氏は現場をちらりと見てから、声を荒立てずにいった。

「前から、あなたに注意しておいただろう、シャルル!」

「あなた(vous)」といったのは、サンテーグル家では家族でも「君」や「おまえ(tu)」で呼び合うことが、お上品なマリレーヌによって禁じられていたからだ。サンテーグル夫妻も、おたがいを「あなた」と呼び、子どもたちにも「あなた」を使っていた。

使用人たちは、もちろん「様」しか使えなかった。

じつは、すこし前に、手探りで入口の広間をおずおずと歩く息子とすれちがって、ド・サンテーグル氏は警告を発していた。

「シャルル、あなたは何かひっくり返すぞ。倒れて怪我をするかもしれない」

クロスワードパズルにもどる前に、彼はつけ加えた。

「それに、見苦しいぞ。目の見えない人のまねをして遊ぶなんて」

マリレーヌは、バルナベがかけがえのないカラフの破片を拾い集める様子を、ひどくがっかりして見つめていた。化粧が落ちなければ涙を流したかもしれないが、涙がマスカラと混ざり合ったら、それこそ災難だ!

息子に平手打ちを食わせたいところだったが、そんなことはできなかった。弟のシャルルをぶったことなど、一度もなかったのだ。もちろん、彼はまだ五歳だったが、これから先も、何をしても、彼女は絶対にぶったりするはずがなかった。ブロンドの巻き毛がかわいいシャルルは美しすぎて、マリレーヌはこの子を溺愛していた。（というのも、シャルルは、ノエルのような養子ではなくて、フランソワーズ・ポールとド・サンテーグル氏の、実の息子だったのだ。）

「ノエルが子ども部屋で、目の見えない人のふりをしたんです」と、シャルルは涙ながらにいった。

「そうなの、それじゃあ、あなたに悪気はなくて、まねをしただけなのね、かわいそうに！」と、母は言った。「今度のことには、裏にノエルがいるにちがいないって、すぐに気づくべきだったわ！あなたのノエルよ！」と、彼女はド・サンテーグル氏にむかって叫んだが、彼はかすかに肩をすくめるだけで、その場をやりすごした。

なんとか激情を押さえて、マリレーヌは食堂をあとにした。平手打ちのための右手はおろしていたが、むずがゆさは消えず、しばらくして、ようやくおさまった。

ノエルは釈明しようとした。目の見えない人のふりをしたのは、悪意からではなかった。あの黒い小箱の男の記憶が、強烈につきまとっていたのだ。両目を閉じて、両手を伸ばすと、障害のある人の不幸をいっそう強く実感できたから、彼はあの男に自分を重ねて、目の見えない体験を試みたのである。

「あなたは嘘をついてる。もし嘘でなければ、もっと悪いわ。そんな不健康なことを思いつくなんて、よほど意地悪なのね」

そういうと、平手打ちが飛びそうになって、悲鳴をあげたのはマリレーヌのほうだった。

自分の爪がひとつ折れてしまったのだ！

それは、奇跡のように細長いアーモンド型のみごとな爪だったから、使用人たちが驚いてかけつけた。まったく、あのノエルときたら！　カラフの次は爪だなんて……この子には、災難しか期待できないのかしら。

マリレーヌは寝室に走りこんだ。

ところが、爪は欠けてはいなかった。神様のおかげで！　上に張ったカラーネイルが飛んでしまっただけだ。彼女は急いで新しいネイルと付け替えたが、そのあいだじゅう、コメディ・フランセーズの支配人の顔を思い浮かべながら、ラシーヌの古典劇『エステル』のせりふを、暗唱するのだった。

お前かい、エリーズよ、おおこの上なく幸せな日であること。
わたしの願いに答え、お前を返してくださった天よ、祝福あれ、
わたしのようにベニヤミンの……、ベニヤミンの……

「ええと、そのあとは?……そうそう！」

わたしのようにベニヤミンの子孫であり、
子どものころ、わたしといつも共にいたそなた

食堂では、ド・サンテーグル氏が、「コウノトリがそばで眠るベッド」（三文字）と「人間用でないもの」（五文字）に苦戦している。

「私の新聞の読者に答えがわかれば、私より利口だということだ！」

ノエルは自分の部屋に戻り、なぜこんなに悲しい気持ちになったのかわからないほど、打ちひしがれていた……ドミニックのせい？　目の見えない男のせい？　それとも、不当な理由で叱られたせいだろうか？

でもすぐに、彼はいやなことを忘れてしまい、表情が明るくなった。

あることを思いついたのだ。

じつにすてきな思いつきだった！

★

翌朝、校庭で、ノエルは「思いつき」を少年団の仲間たちに知らせた。それは、主人を捨てたスプートニクの代わりの犬を、目の見えない男にプレゼントするというアイディアだった。ドミニック以外は、みんなが大賛成だ。

ドミニックはいった。「あいつは、もうあの犬を見つけてるよ。別の犬をもらったかもしれないし」

「そのとおり、グラン・シェフ！」と、ラム・オ・ババが賛成した、ドミニックのいうことには、はじめから何でも賛成なのだ。彼はさらに続けた。「目の見えない人には、役所が欲しいものを何でも買ってくれるんだ。もちろん犬だって！」

ガキ大将ドミニックの断定をババ・オ・ラムが補強したのには説得力があった。たしかに、役所は盲導犬のために補助金を出していたのだ。

でも、この見解の決定的な効果も、長続きはしない。

「論より証拠！」と、アンチョビ・フェースがいう。「ほら、目の見えない男が来るぞ……」

いつもの黒い小箱を肩にかけて、大男が用心深い歩き方で近づいてくる。

彼を導く犬は、一匹もいなかった。

「ボンジュール、ムッシュー」と、ノエル。

「おや、君か。私のパパ・ノエル！　ボンジュール、ボンジュール、子どもたち」

男はベンチを探して、タップ、タップ、タップと、杖であたりをたたいた。

「授業は八時半に始まるんだと思っていたよ」

「向かい側のリセはそうです。でも、リュドヴィック学園は九時始まりなんです……それで、スプートニクは戻ってこなかったんですか？」

「そうなんだ。私の住所が首輪に彫っていなかったから、誰もあいつを連れてきてくれんだろう」

「役所がもっと良い盲導犬を買ってくれますよ」と、ババ・オ・ラムがいうと、目の見えない男は大声で笑った。

「何を勘ちがいしてるんだね？　役所が目の見えない私たちに、犬を買ってくれるだって？　連中には、もっと大事な仕事があるのさ！」

ババ・オ・ラムは食器洗いであかぎれて、ひびわれた両手を頭の縮れ毛につっこむと、男につられて、わけもわからずに笑ってしまった。

「じゃあ、これからどうする？……」と、ノエルが不安そうにいう。「役所に頼むのは、もうあきらめたよ」

授業開始の鐘が鳴った。

脇を固めて、少年団が前進する。

ドミニックはゆっくり歩いてノエルと並ぶと、自分の説をひっこめて、言い訳をした。

「君のいうとおりだったね。十時の休み時間に、別の犬を見つける作戦を練ろう。あのまつ毛のブラシ作りのおっさんのために！」

リュドヴィック学園の校庭の向かい側には、ラヌラグ通りに面して宝石店があったが、この建物の二階で、ひとつの窓のカーテンが開けられたところで、ボール紙の大きなボードが現れた。

ボードには、太くて大きなアルファベットで、こんな文字の列が書かれていた。

QBTDFTPJSEFNBJO

ボードはすぐに隠され、またカーテンが閉まった。

昼休みが始まるとすぐに、少年団はパッシー通りのペットショップにかけこんだ。

でも、そこは特別な犬種しかいない、高級すぎる店だった。グレートデン、ハスキー、スルギー（アラビア半島原産）、「番犬には最適ですよ」と店主。日中はつないでおく必要があり、放せるのは夜だけだ。どの犬も獰猛《どうもう》そうだが、みかけだけで本当はおとなしい。猟犬なら、ダックスフントやスカイ・テリア（スコットランドのスカイ島原産）が「ウサギやキツネからイノシシ狩りまで、最適ですよ」デラックスな犬種なら、イタリアン・グレーハウンド、毛はスモーク色で、脚はまるでクリスタルの細い糸だ。ガラス製の骨董品みたいで、ちょっとでも動いたら壊れそうだ。ロングヘアー・グレーハウンドもいたが、装飾的すぎて勘弁してほしい！　置き物の羊の頭蓋骨みたいに、頭はからっぽそうだ！「ペット犬エレガンス・コンテストには最適ですよ」そして、筋肉もりもりのボクサー犬は、飼い主をなめるために愛情をこめてジャンプすることしか考えていない。ミニチュア犬は、どれもドブネズミくらいの大きさだが攻撃的、でも「愛玩犬には最適ですよ」

店主はいう。「みなさんに必要なのは、そうだね、大型のプードル（フランス語で「カニッシュ」）かな。目の見えない人に最適！　でも、残念ながら、今のところ在庫がありません」

プードルなら、値段も「最適」で二万から五万フランだ（旧フランス・フランは一九五〇年代のレートで一ドル約五百フラン。一九六〇年のデノミ以降旧百フランが一フラン）。

さあ、どうしよう？

処分される前の野犬収容所か、犬や猫を保護してくれるＳ・Ｐ・Ａ（動物保護協会）に行ってみようか？

難問は、学園の生徒で、保育園の園長の子どもの告白で解決しそうだった。

「うちの園には子犬が八匹いて、ママが貰い手を探してるよ。一匹連れてこようか？」

昼食のあとで、その子が小さな籠をもって、得意そうに戻ってきた。

「欲しいのは猫じゃなくて、犬だぞ」

「もちろん、犬さ！」

たしかに犬だったが、なんと、手のひらでうごめく、生まれたばかりの子犬だった！　まだまぶたが閉じていて、か細い声でぴいぴい泣きながら小さな頭を振っている。指先を口につければ、乳首とまちがえて吸いつきそうだ！

「まだ、生まれて六日目だよ」と、その子はいった。「目が見えないから、目の見えない人と仲良くなれるよ！」

少年団は、その子をがっかりさせないように、声をそろえて笑った。

結局、ババ・オ・ラムが、子犬を七匹の兄弟のところに返す役目を引き受けることになった。

★

つぎの日の朝、あの目の見えない男が、またいつものベンチにすわりにやってきた。

「ベンチに根が生えたみたいだ！」と、ドミニックは驚いた。

男は、学校の柵越しに、子どもたちと話題を交換して楽しんでいたが、お気に入りは、もちろんノエルだ。

男は自分の境遇を嘆きはしなかった。目が見えなくても人生には楽しいことが多いし、目の見えない人たちは、たいてい、とても陽気になれると確信していたからだ。彼の知っているある男は、絶望のあまり、拳銃でこめかみを打ち抜いたが、幸い視力を失うだけですんだ。それ以来、その人は世界一上機嫌で、いつも微笑を浮かべ、いつも冗談をいって、パリ盲人院《キャンズ・ヴァン》の人気者になった！

「昼も夜もわからなくなると、しまいには昼と夜の区別なんか気にしなくなる。暗闇に慣れて、そこで少しはくつろげるようになるんだ。わかるかな、ノエル？」

「それはそうだけど、目の見えない女の人が赤ん坊を産んでも、その子の顔を一度も見られないなんて！」

「ひどい想像力だな！　母親は赤ちゃんの顔を両手でなでれば、顔が見えてくるんだよ！」と、男は静かに言葉を続けた。「もちろん、目が見えるうちに見たもので、もう一度見たいものはたくさんあるさ。海、太陽、木々。そのへんの小さな花だってそうだ。でも、見えなくても思い出せるんだ。もしかしたら、そのほうがきれいに見えるかもしれない！」そして、にやっと笑って、結論を述べた。「それに、いうまでもないが、二度と見たくないほどいやなやつを、もう見なくてすむのは天の恵みだ！」

「でも、生まれつき目が見えない人たち、最初から視力のない人たちは？　光や色が何なのか、まったくわからないよね？」

「そういう人たちが、それほど不幸だとは思えないね。たとえばルイ十四世だ」

「あの人は目が見えたよ、ルイ十四世は」

「もちろんさ。私がいいたいのは、その時代にいくら目が見えても、電話はまだ見られなかったということだ」

「ずるいよ、まだ発明されてなかったんだから」

「その通り！　まだ見たことのないものは、たくさんあるのさ」

授業開始の鐘が鳴る。

生徒監督が手をたたいて合図する。

校庭には、魔法がかかったように、一瞬で誰もいなくなった。

学校の向かい側の宝石店の二階の窓に、不思議なボードがまた現れたが、そこには新しい謎の文字列が書かれていた。

D F T P J S X V I I X X X

★

「君たちに必要なのは」と、ペットショップの主人がいったことを、少年たちは思い出していた。

「プードルだな。プードルは目の見えない人には最適なんだ。まるで神様が目の見えない人のために特別に作って、地上に送り出したみたいに」

昼食を家で終えてから（フランスの学校では給食以外に自宅で昼食を取れる）、ドミニックは遅れて学校に戻った。大ニュースを仕入れてきたのだ。

「プードルを見つけたぞ！　うちのレストランの取引先のワイン屋の知り合いのクリーニング屋が、ポンスさんていう人の名義のアパルトマンのコンシェルジュを知っていて、ポンスさんはアフリカのギニアにコーヒー園を持っているのさ。そのポンスさんがプードルを飼っているんだけど、コーヒーの木が病気になって至急現地にもどることになった。でも、犬は向こうの気候に耐えられないから連れて行けないので、四千フランで売りたいっていうんだ」

「でも、どうして知ってるの？」

「ポンプ通りのクリーニング屋に行ったら、ロンシャンのロータリー近くの妹さんの家で食事中さ。だから、そこまで行ってポンスさんのコンシェルジュの住所を教えてもらったんだ。コルタンベール通りだよ。そこまで行ったら、今度はコンシェルジュがラ・トゥール通りのレストランで食事中。でも、そこでやっと教えてくれたんだ。それで、すっかり遅くなったし、昼飯を食べそこねちゃった。ポンスさんはプードルといっしょにレストランにいたけど、プードルのことはただワンちゃん《シアン》！　と呼んでたよ。ばかげてる。犬につける名前じゃないのに。それ以外は順調で、ポンスさんは事情がわかって、犬を譲ってくれることになった。すると、ポンスさんは、アメリカ人の科学者が五千フラン出すというんだ」

「プードルを人工衛星に乗せて、月まで送りたいのかな?」と、アンチョビ・フェースが推測する。

ドミニックは、あわれむように肩をすくめる。

「目の見えない男の話をしたら、ポンスさんはほろりとして、ぼくらに優先権があるといい、おまけに千フランまけてくれた。そこでぼくは「商談成立ですね」といって、前金を二百五十フラン払った。手持ちの全額だよ。受け取ろうとしなかったけど、ぼくは言い張った。ビジネスはビジネスさ! 残りは三千七百五十フランで、明後日の午後、ポンスさんは荷物をまとめてギニアのンゼレコーレ行きの飛行機に乗る。問題は、それまでにどうやって残りのお金を集めるか?」

不可能はフランス語ではない!(ナポレオンの言葉)

夜になってから、アンチョビ・フェースは針金をさしこんで貯金箱をあけて、六一二フラン手に入れた。ジャン=マリー・ジュコーはディンキー・トイのミニカーを二台売って、三百フラン稼いだ。ノエルはパパのド・サンテーグル氏にすっかり事情を話し、千フラン援助してもらった。ババ・オ・ラムは、バイト先のレストランで、朝の三時まで美食家の医者たちの宴会を手伝って、食後のデザートが出てから、ラ・フォンテーヌの『ファーブル』の有名な「雄鶏と狐」を、「雄鶏とジャッカル」に変えて、サビール語(地中海沿岸地域で用いられるフランス語やアラビア語などの混成語)で、朗々と暗唱した。ラ・フォンテーヌの原文では、こんなぐあいだ。

木の枝に、歩哨のように見張ってる
老いた雄鶏《おんどり》、利口で抜け目のない奴だ。
「兄弟よ」、声やわらげて狐が言った。
「おたがい、喧嘩はもう終わり、
今度こそは、みんな仲好し。
下りておいでな、接吻しよう」
……
「友だちよ」、鶏が答える。
彼方に見える二匹の猟犬、
きっと今の話のために、
誰かが使いによこすらしいが、
速い足どり、今にもここにやって来る。
……
くせ者、たちまちズボンをまくり、
雲をかすみと計略失敗、ご機嫌悪く。
さて年寄りの雄鶏は、心ひそかに
相手の怖れを笑い始めた。
だまし手をだましてやるのは、二重の喜び。

このみごとな朗誦でババ・オ・ラムが手にした思いがけない報酬は四百フランで、チップが二百フランもついた。

　検事の孫で、すこし遠くのグルネル大通りに住んでいるユジェーヌ・デュメニルは、メトロの定期券を犠牲にして（走って通学するつもりだ）、三百フラン！

　みんながこんな調子で、工夫をこらした金策をたがいに競いあった。保育園のちびさんまで、おしゃぶりキャンデーをがまんして二十フラン寄付してくれた。

　会計係のドミニックの計算では三九八二フラン集まったから、前金の二百五十フランを足すと二三二フランの超過だ！

　少年たちはそのうち二百フラン使って、マドモワゼル・ペルネルのペット用アクセサリーショップ「みんなのワンちゃんのため《トゥー・プール・トゥトゥー》」で、金の鋲を打ったガーネット色の高級な首輪と、スコットランド模様の三つ編みのリードを買い、残りの三二フランはソフトキャラメル四つになって、保育園のチビにプレゼントしたのだった。

　その晩、プードルを受け取るために、少年団の面々は正装してコルタンベール通りのポンスさん宅に向かったが、目の見えない男が通りすがりに彼らの異様な姿を見かけたとしたら、ひどく驚き、何が起こったかと怪しんだにちがいなかった。

　二十分後、彼らは犬を連れて戻ってきた。

　そして、何よりもすばらしかったのは、ポンスさんが三千七百五十フランの受け取りを辞退したことだった。彼は前金の二百五十フランも、絶対ドミニックに返すと言い張った。受け取ったのは、ほんの冗談なのだ。コーヒー園オーナーは律儀者で、ワンちゃんの様子を知らせてほしいといって、ギニアのンゼレコーレ市内の住所を紙に書いて渡し、犬の、目の見えない新しい主人にコーヒーを送るとまで約束してくれた。

外に出ると、少年たちはプードルに「衣装を着せた」。といっても、首輪をつけただけだ。

今まではワンちゃん《シアン》とよばれていたが、もちろん犬の名前ではなかったので、みんなで命名することにした。

保育園のチビが、『家なき子』（十九世紀後半のエクトール・マロ作の世界的に有名な児童文学で、孤児レミと名犬カピが主役）に出て来るプードルの名前を取って「カピ」にしようといったが、ジュコーは二代目の意味で「スプートニク・ドゥ（Ⅱ）」を提案して、すぐに受け入れられた。

少年たちはスプートニク・ドゥに、目の見えないムッシューの世話をするんだよ、と教えた。「わかるかい、責任は重いぞ、スプートニク・ドゥ」

プードルは二、三度短く吠えて、任務を完璧に理解したことを表現した。重要な任務を実感して、早く仕事を始めたいようだ。ポンスさんのいうとおりだ。スプートニク・ドゥは、細かいことまでいちいち指示する必要のない犬だった！

でも、目の見えない男がプレゼントに驚いて喜ぶ様子を想像しながら、学校が見えるところまでもどると、いつものベンチに大男の姿はなかった。

こうなれば、少年団は男の住所まで急ぐほかはない。寄り道のせいで帰りが遅くなって、親たちのきつい質問攻めにあうのは覚悟のうえだ。本当のことを話せば、親たちは、こんなにやさしくて親切な子どもを持ったことに心がなごみ、にっこりほほ笑んで顔を見合わせるだろう！

ところが、あのルイ・ブレリオ河岸一六六番地では、思いがけない失望が待ち受けていた。この番地に目の見えない人は住んでいないと、コンシェルジュが証言したのである。

そこで少年団は、ごく最近ここに大男を連れてきたことを話して、彼の特徴を伝えた。

「ああ、あの人ね、思い出したわ！」と、コンシェルジュはいった。「あの人は、ここが七四番地かって聞いたのよ。だから、七四番地に住んでるはずだわ」

面くらった少年たちは、歩道に戻って相談した。

「最初一六八番地といって、次が一六六番地、今度は七四番地だ。これは何を意味しているんだろう？」

「こいつは怪しいぞ！」と、ドミニック。

「そのとおり、グラン・シェフ！　こいつは怪しいぞ！」と、ババ・オ・ラムがくりかえす。

いったいなぜ、大男は嘘をついたのか？

「わかったぞ」と、ノエル。「あの人は、とてもみすぼらしい家に住んでるにちがいない。だから、ぼくたちに知られたくないんだ」

「たしかに、そのとおり」と、アンチョビ・フェース。「あの貧しそうなオッサンが、あんな豪華なマンションに住んでるはずがないと思った」

だが、七四番地でも期待は裏切られた。目の見えない人は一人も住んでいないし、そんな大男は、誰も見たことがないというのだ。

「あいつはぼくらをからかったのさ！　だから、いっただろう、怪しい奴だって！」

この状況でいちばん心を痛めたのはノエルだった。前から、ノエルは自分が誰にも好かれていないと思い込んで、悲しい気持ちになっていた。そうだ、パパのド・サンテーグル氏にも、継母のマリレーヌにも、弟のシャルルにも、ドミニックにも、ババ・オ・ラムにも、アンチョビ・フェースにも、他の同級生にも。だから、目の見えないあの男に愛着を感じてしまったのだろう。世界とはまったくさびしいところなんだ――目の見えない人さえ信用できないなんて……

それはちがう！　そんなはずはない。ノエルはそう信じた。

「もしかしたら、あいつはホームレスじゃないか？」

「じゃあ、なぜ、ぼくらに話さなかったんだろう？」

「なぜって、わざわざ打ち明けるようなことじゃないだろう！」

「たしかに、そのとおり！」と、またアンチョビ・フェース。「きっと、橋の下で寝てるのさ。セーヌの河岸に降りてみれば、あいつが何か拾って食べてるのが見つかるかもね」

「河岸なんて！」と、ドミニックは疑い深い。

「そのとおり、グラン・シェフ」と、またババ・オ・ラム。

「この問題を、とことん調べてみよう。今夜、スプートニク・ドゥは、うちのレストランのキッチンで寝ればいい。ババ・オ・ラムがマトンの肉くずをくれるから快適さ。ぼくらは捜査開始だ」

「捜査って？」

「まず、なぜあのオッサンは毎日学校の前のベンチに来るんだろう？」

「そうだね、でも他のベンチでも、とにかく座れればよかったのかも」

「おい、おい、よく考えろ！　奴は何をしてた？　ブラシだよ。ぼくらは見ただろう。あいつはベンチに座って、ブラシをいじりまわしてただけだ。ブラシ作りの名人だといってたけど、じつは何も作っていない。あのベンチには、何か秘密がありそうだ」

ドミニックは、生まれつき秘密が大好きだった。

セーヌ河の曳舟《ひきふね》のサイレンが響きわたり、少年たちの想像力を長々とかき立て、彼らの心臓はおぼろげな興奮でしめつけられた。それはまさに、冒険の誘惑だったのだ。

その日の終わりに、突然、すべてが謎と危険の兆候を示し始めた。空中には、ファントマとアルセーヌ・ルパン（どちらも有名な冒険小説の怪人）の幻が漂っている！　そこはまた、諜報機関と反諜報機関が闘う暗闇でもあり、陰謀の微粒子が飛びまわっている。通行人は、誰もが仮面をつけて、腹黒い裏切りを秘めた歩調で歩く。良い子のふりをした秘密工作員のように。秘密など持たない無害な市民を守ってくれそうなのは警官くらいだが、警察だってあてにはできない！

「明日、あの男が戻ってきたら、だまって様子をみよう」と、ドミニックが決断した。「夕方、立ち去ったら、あとをつけるんだ。そうすれば、どこに住んでいるのかわかるぞ」

翌朝、目の見えない男はラヌラグ通りには姿を現わさなかった。

ところが、午後の三時頃から、男はいつものベンチに座っていた。

学校では、歴史と地理と数学の授業中だった。

四時半になると、少年団は男にさよならをいってから、五十メートル離れた目に毛が生えた怖いおばさんのおもちゃ屋の前で待機した。大男は小箱を閉じると、杖を握って歩き始めた。少年たちのすぐそばを通ったので、彼らはおもちゃ屋のショーウィンドーのなかの素晴らしい陳列品を、夢中で眺めているふりをした。自動車、飛行機、船、ヘリコプター、いたずら用のおもちゃなど。目が見えなくなってから、指先や耳の端に目がついている感じがすると、男がいっていたことを思い出して、みんなで息まで止めようとしたほどだ。

気づかれないくらい離れて、彼らは男を尾行した。

モーツァルト大通りにたどり着くと、男は少し立ち止まって、ゆっくりとあたりを見まわす。

少年たちは思わず近くの建物のポーチの下に隠れたが、ふと奇妙な感じがよぎった――あの男は、目が見えないはずなのに！

歩道には、誰もいない。

一瞬のうちに、男はあごと口のつけひげ、それに黒メガネを外し、大きなポケットにつっこんだ。白い杖は両端を押すと、たちまち十五センチほどの長さに縮んだ。望遠鏡みたいに伸縮自在な仕掛け杖だったのだ。短くなった杖を、つけひげやメガネといっしょにポケットに入れて、男は走り出し、モーツァルト大通りを都心方面にむかうバスに飛び乗った！

目の見えない男は、じつは、みんなと同じように目が見えるのだ！

★

ところが、翌日の水曜日、十時半の休み時間中に、歩道からはまた白い杖をタップ、タップとたたく音が聞こえてきた！

あの、目の見えないふりをした男だ！　ベンチに座って、小箱の中のブラシをいじりながら、時々顔を校庭のほうにむけて、ごまかすようにニヤニヤ笑っている。

ノエルは、こわごわとあの黒メガネを見た。その奥には、よく見える目が隠れているのだ。ノエルは、初代のスプートニクが逃げ出した時、自分がはらはらしたことや、ポンスさんがスプートニク・ドゥを譲ってくれた時、とてもうれしかったことを思い出していた。彼の耳の奥では、夜の暗闇の中でもすべてが真っ暗ではないと強調したあの男の、力強い声がまだ響いていた。

うそつき！　汚いうそつき！

「あいつは誰か、それとも何かを見張ってるみたいだ」と、ドミニック。「刑事か、私立探偵かもしれないよ」

アンチョビ・フェースは、すぐ近くにどこかの国の領事館があると、みんなに知らせた。「スパイ事件発生かな？」

「おい、見ろよ！」と、ジュコーが同時に叫ぶ。

道路の向かい側の建物では、あの宝石店の上の階の窓から手が見えて、カーテンを引いたところだ。窓ガラスには、大文字が書かれたボール紙のボードが張りつけられた。

ＪＮＱＰＴＴＪＣＭＦ

第三章　黒いシトロエン・トラクション

ＪＮＱＰＴＴＪＣＭＦ

不思議なボードはすぐに見えなくなったが、ドミニックは文字の列を書きとめる時間があった。じつは、この暗号は子どもでもわかる暗号コードで書かれていたので、ドミニックはかんたんに解読できた。それぞれの文字を、直前のアルファベットで置き換えるだけでよいのだ。

J↓I／N↓M／Q↓P／P↓O／T↓S／T↓S／J↓I／C↓B／M↓L／F↓E

IMPOSSIBLE――つまり「不可能」だ。

すると、ボードがまた現れた。さっきのボードの裏側にこう書かれている。

ＢＷＢＯＵＴＢＮＦＥＪ

カーテンが閉じられた。

AVANT SAMEDI（土曜日の前）だ。

ドミニックがすぐに翻訳する……「土曜日の前は、不可能。いったい、どういう意味だろう？　土曜日に、このあたりで何か起こるのかな？」

ドミニックは続ける。「そうだ、宝石店だ。すぐに気づくべきだったよ。目の見えない男のにせものは、警官でも、スパイでもなくて、ギャングなんだ。拳銃を使う強盗団の一味で、正面の家に共犯者がいるのさ」

グロリエは、男がメッセージを読み取るために、店に背を向けてすわっていたことを指摘した。「あの黒メガネさ。使い方がわかるかい？　どちらかのレンズがバックミラーなんだよ」と、ドミニックが推理する。

学校を抜け出して、ドミニックはコンシェルジュに見られずに正面の家に忍びこみ、二階に登った。廊下にはドアが開いたままの部屋があって、さまざまなガラクタや、ほうき、ちり取り、バケツ、モップ、掃除機などが乱雑に置かれている。通りに面して窓がひとつあって、カーテンを引くと、向かい側の歩道で見張っている仲間に、この窓だよと合図した。

部屋のガラクタを、ドミニックはシャーロック・ホームズばりに注意深く調べたが、メッセージの送り手の痕跡はどこにも見つからなかった。

やっと見つけたのは、脚ががたつく小さなテーブルの引き出しの中にあったデッサン用の木炭《フュザン》だけだが、これがメッセージを書くのに使われたことは明白だった。でも、木炭に指紋が残っているだろうか？　可能性は低かったが、念のためにハンカチに包んで持ち帰ることにした。前に読んだ「科学捜査マニュアル」に、そう書いてあったのだ。

こうして、ドミニックは仲間たちと合流した。

「土曜日の前は不可能」、それがボードのメッセージだ。

ということは、宝石店の強盗《ホールドアップ》は土曜日か！

「もし現場に踏み込めたら、それから……、それからどうしよう……」

生まれつきの狩人ドミニックの頭脳が沸き立った。

「ギャングをひとりでも捕まえられたら、それから……、それからどうしよう……」

「まったくクレージー、グラン・シェフ！」と、ババ・オ・ラムがおびえたように大声を出した。

「ギャングのピストルで、一発でおしまいさ。さもなければ、強烈なパンチをくらうぞ！　その前に、警察署にかけ込むしかないよ」

「ぼくが警察の手下だとでも？」

「もちろん、ちがうよ、グラン・シェフ。ぼくがいいたかったのは……」と、ババ・オ・ラムは口ごもった。

その夜、ノエルは一晩中目の見えない男たちの夢を見ていた。世界の終わりを思わせる混沌とした風景に入りこんだノエルは、絶壁のふちに沿った目のくらむような小道で、悪らつな男たちに追われるのだ。追手からいくら早足で逃げても、いつも別の男が現れて、ゆく手をふさぐ。まるで、この悪夢の絶壁が、にせの目の見えない男たちに占領されているかのようだ。男たちは、あの黒メガネに黒いあごひげと大昔のガリア人風のくちひげをつけて、全員がクローンのようにそっくりなのだ。白い杖でノエルをおどすと、杖は一瞬で剣《エペ》や小銃や吹き矢の筒に変わり、奴らは小鬼のような笑みを浮かべて彼に飛びつき、深い淵に跳び込む。すると小鬼たちには、たちまち黒い大きな翼が生え、弧を描くようにぐるぐる飛びまわって下降し、ノエルを地球のはらわたへと連れていこうとするのだが、この落下には終わりがない……。

夜中に目が覚めると汗びっしょりで、マリレーヌはノエルに鎮痛睡眠剤《ガルデナール》を一錠飲ませなくてはならなかった。映画製作者協会主催のパーティーから帰宅したのが、午前三時だったのだ。大臣と特命行政長官がひとりずつ、知事と副知事が二人ずつ、それに映画演劇界、マスコミの面々、つまりパリの全社交界が集まり、アメリカの映画監督も三人加わった派手な催しだったが、ひどく疲れてしまった……。

やっとうとうとし始めた頃、朝の四時に起こされて、やわらかいシーツから抜け出し、うわごとをいう子どもに薬を飲ませるとは、なんて世話のやけること！　ノエルって子は、いつもタイミングが悪すぎる。

「この子は精神科のお医者さんに見せるべきよ、ユベール。ぜったい普通じゃないから」

「あなたはこの子に不公平だよ、フランソワーズ＝ポール。ちょっと神経質なだけさ」

「でも、フォン＝ロムー（ピレネー地方の保養地）のチルドレン・ホームに一年あずけたらどうかしら？　ウェレル＝ラロッシュさんのお宅では、お子さんを寄宿させて、すっかり気に入っているわよ。どっちにしても、私には、あの子の看護師はつとまりそうにないの。そうでしょう！」

こう言い放つと、彼女はシャルルの寝室に向かった。シャルルは天使のようにほほ笑みながら、すやすや眠っている。マリレーヌはいかにも母親らしい仕草で、清らかな小さい額にキスしてすっかり心がなごみ、忍び足で部屋を出た。

★

翌々日の朝、ノエルは、ギャングと対決する作戦に断固として参加するつもりだと、ドミニックに話した。

「おやおや、あの弱虫のサン・ムスティックがね！」と、ドミニックが笑って応じた。

だが、その時、ノエルはポケットから豪華なオペラグラスを取り出した。螺鈿《らでん》細工で金ぶちの高級品だ。

「そいつは何だい？」と、ドミニックは素直に聞いて、あの笑いを打ち消した。

宝石店や二階の窓を監視してギャングを見つけるには、これ以上役に立つものはない！

ドミニックは慎重な手つきで双眼鏡を目に当て、あたりを見まわした。

「すごいや！どこで見つけたの？」

「母親のオペラグラスなんだ。用事が済んだら、すぐ返さなくちゃあ」

「明日の土曜日には、万事解決さ。ホールドアップは明日の予定だから」

ドミニックは、もう一度双眼鏡をのぞき、素っ気ない口調でしめくくった。

「ノエル、君はたいした奴だ！」

偉大な指導者《グラン・シェフ》のほめ言葉は、いつだって素っ気ないものだ。それが言葉に重みをあたえている。ナポレオンだって「兵士よ、余は諸君に満足している」といっただけだ（オーステルリッツの戦勝演説）。

それを聞いたノエルの心は、突然野バラの咲き乱れる茂みになった。

ちょうどその時、新しいメッセージが宝石店の上の窓に現れた。今度は双眼鏡をのぞいて、ドミニックがたやすく読み解く。

ＥＦＮＢＪＯ

つまり、DEMAIN（明日）だ。

この暗号は前回と同じ意味になるから、ホールドアップはたしかに明日決行されるのだ。

でも、何時だろう？

「明日の朝の授業をさぼって、見張りをするよ」と、ドミニック。「必要なら一日中」

「ぼくも君といっしょに見張るよ」と、ノエル。

「でも、どうやってギャングを捕まえるんだい、ドミニック？」と、アンチョビ・フェースが皮肉った。いくらなんでも、君のナイロンの投げ縄じゃないよね？」

「どうやってだって？」

ドミニックはアンチョビ・フェースをまじまじと見つめたが、やがて謎めいた視線は、はるか遠くに消えた。オーステルリッツの戦い前夜のナポレオンの視線のように。

かみしめた唇から、かすかな笑みがもれる。

「どうやって捕まえるか、わかったぞ！」と、彼は誇らしげにいった。「みんな、びっくりするぞ！」

★

レストラン・デュラックでは、ドミニックがキッチンで、アルジェリア風サラダや、チョリソー・ソーセージや、シシケバブやトルコ風ケーキを腹いっぱいつめこんでから、ババ・オ・ラムが笑顔で働く洗い場のそばを通って、バーの近くのテーブルの片隅に陣取った。アメリカ軍の将校が四人、テーブルの用意ができるのを待って、ウィスキーをひっかけている。そのうちのひとりは憲兵（ＭＰ）で、とても賢いムール貝の笑い話をしていた。天才ムール貝の話だ！ 彼によれば、殻を開いたり閉じたりして質問に答えるように、貝に教えたことがあるという。一度開けばイエス、二度ならノーだ！

マダム・エステル・デュラックが姿を見せて、ドミニックにいう。「ここで何してるの？ わざと学校に遅れるつもり？」

「アメリカ英語の練習さ」と、息子がいう。

ママは肩をすくめて、軍人たちに近づく。「お客様、テーブルの用意ができましたわ……」

アメリカ人たちが、マダムの後から奥の席に急ぐ。串刺しのマトンの丸焼きが、みごとな炎であぶられて黄金色だ。

北米先住民スー族ばりの用心深さで、ドミニックはコートハンガーに掛った軍用コート《カポート》にそっと近づく。そして、憲兵のコートのポケットに手をすべりこませて、何かを取り出し、すばやく学校カバンのなかに隠す。

手錠だ！

もちろん、ドミニックは手錠を盗んだわけではなかった。借りただけで、ホールドアップの事件が終わったら、その翌日に返すつもりなのだ。

とはいえ、憲兵のコートから手錠を取り出すとは！……

リュドヴィック学園の校庭まで急ぎながら、緊張のあまり、のどがひりひり、足はふらふらのドミニックだった。

★

「サンテーグル君、シャルルマーニュ（シャルルマーニュはカロリング朝のフランク王、領土を拡大し西ローマ帝国皇帝となった）の生まれた年は？」

「七四二年です、先生」

「死んだのは？」

「八一四年です、先生」

「父の名前は？」

「ピピン短軀王です、先生」

「母は？」

「ええと……、大足のベルトです、先生」

「皇帝の戴冠者は？」

「教皇レオン三世です、先生」

「何年かな？」
「八〇〇年です、先生」
「よろしい、トレビヤン」

ノエルへの質問は、歴史担当のジェデオン先生を、いつもとても満足させてくれる。質問が終わる間もなく、正解が出てくるのだ。王妃ベルトの時は少しだけためらいが見られたが、伝説であれほど誇張されたあの大足は、フランスの歴史にとって、小さな痕跡にすぎなかった！

先生は続ける。「シャルルマーニュは堂々とした頑健な体格で、背も高く、みごとなあごひげを生やしていたとされている。《白ひげの皇帝》という肖像があるね……ドミニック・デュラック、この肖像をどう解釈すべきかな？」

「はい、先生……ええと、あの、そうですね……」

ドミニックは立ち上がって、ぐずぐずしている。

ノエルは、頭を振ってこっそり合図して、仲間を助けたかったが、残念ながら、席が真後ろだった。

「つまり、君は何も知らんのか？」

「シャルルマーニュは背が高くて、あごひげを伸ばしていました、先生」と、ドミニックは思いつきで答えた。肖像のとおりです。この絵を見ればわかります！」

「君のいうように《肖像のとおり》かどうか、わからんぞ」と、先生。「君はエピナル版画（フランス東部エピナルで製作された歴史の名場面などの劇画風版画）の絵本より、歴史の教科書をもっとよく勉強したほうがいいな。すわりなさい！

じゃあ、サンテーグル、この肖像をどう解釈すべきかな？」

ノエルは、ドミニックの失敗を目立たせないように「わかりません」というつもりだったが、それではドミニックを助けることにならないだろう。そこで、こう答えた。

「この肖像は正しくないと思われます。伝説とは逆に、シャルルマーニュは小柄で太っていて、あごひげはありませんでした」

「ブラボー！　そのとおり！」

ノエルの答えは、文字どおり歴史の教科書に書いてあることで、ジェデオン先生は正しかった。教科書を読んでいなかったドミニックがまちがっていたのだ。

ドミニックは驚いて、息がつまりそうだった。「いつもひげの生えた王様と思われてたシャルルマーニュに、ひげがなかったなんて……いったい、誰を信じたらいいんだろう？」

「シャルルマーニュの征服した土地について話したまえ、サンテーグル」と、ジェデオン先生。自分の椅子に深々と腰かけ、目を閉じて、正解を待っている。

「シャルルマーニュはヨーロッパのキリスト教徒を、ほとんど全部征服しました、先生」

「例外は？」

「例外は、アングロサクソンだけです」

「完璧だね」

シャルルマーニュの征服なら、ノエルは何から何まで知りつくしていた。

「彼はフランス南西部のアキテーヌ人、イタリア北部のロンバルド人、ドイツ南東部のババリア人を服従させました」

ジェデオン先生は、はげ頭で何度もうなずく。すぐに「玉突き球」というあだ名がついた、あのはげ頭だ。

「それから？」

教室は静まりかえった。

ノエルの左側には、ラヌラグ通りに面して窓が開いている。すると、通りの向こう側の宝石店の二階に、またボードが現れた。

新しい秘密のメッセージだ！

「では、サンテーグル。ババリア人のあとは？」

「はい先生、シャルルマーニュはドイツ東部のザクセン人を服従させました」

ジェデオン先生は、片目を閉じた。

「それからロンバルド人を……」

「それはもういったよ。それから、ア……だろう」

「そ、それからア、ア……」

ノエルは答えをすっかり忘れていた。秘密のメッセージの解読に心を奪われていたのだ。遠すぎてよく見えなかったが、さいわいなことに、彼はツグミのように眼が良かった。

ＥＦＮＢＪＯ

「シャルルマーニュはフランス南部のアルビ人を服従させたのです」（キリスト教の異端アルビ派を制圧したアルビジョワ十字軍は十三世紀で時代が異なる）でまかせに答えながら、ノートの裏にあのメッセージを走り書きする。

ＥＦＮＢＪＯ

ジェデオン先生は、椅子から跳び上がった。

「アルビ人だって？　何を考えてるんだ、サンテーグル？　それならアステカ人でもアメリカ人でもいいのかい？」

教室中に笑い声がもれた。

「静かに！」

ジェデオン先生は教卓から離れた。もう怒ってはいなかったが、なげかわしい気分だった。「いちばん優秀な生徒とあろうものが……」

「シャルルマーニュは、答えを出し惜しむ生徒たちを征服したらしいね」と、悲しそうにいってから、もう一度聞いた。「それから、彼が征服したのは、ア……？」

ノエルは窓のほうをちらりと見ながら、答えを探すふりをしながら、メッセージの残りの部分をなんとか読み取った。

ＮＢＵＪＯＸＩ

ゆっくりと、ジェデオン先生は教室中を歩きまわる。

「それから、征服したのは……ええと、アラブ人です」と、ノエル。

「そのとおり！」

ノエルは、興奮状態でメッセージをメモしている。

だが、その時ジェデオン先生は音を立てずに、ノエルの背後に忍び寄っていた。先生は暗号をメモしたノートを取り上げ、きびしい口調で怒鳴った。

「君もやるもんだな！　こんなことに気を取られていたのか！　秘密文書かな？」

《秘密文書》という言葉を聞いて、生徒全員の視線がノエルに集まった。

「やれやれ、これが君のひまつぶしってわけだな！」と、ジェデオン先生が嘆く。「君がね、あのサンテーグルがね！」

「先生、ごめんなさい！　ぼくはただ……」

「もうたくさんだ！」

窓から見えたボードが消えている。

授業が終わると、少年団全員がノエルにむかって殺到した。

「ホールドアップのメッセージだ！」と、ノエルはみんなに知らせた。「時刻がわかったぞ」

そしてメッセージのメモを見せた。

EFNBJO NBUJOXI

DEMAIN MATIN ONZE HEURES
「明朝、十一時」（XIはローマ数字で11）

にせの目の見えない大男は、とっくにベンチから離れて遠ざかっている。

共犯者たちに、情報を伝えに行くのだ。

「警察に行って、署長に話そうよ」と、アンチョビ・フェース。

「前にもいっただろう、だめだよ！」と、ドミニックが反対する。「ほら、これを見ろよ」

彼はポケットから手錠を取り出した。

「アメリカの憲兵から《借りた》のさ。長い鎖がたっぷりついてるだろう？　明日、こいつを、ギャングの誰かの手首に掛けるんだ」

「どうやって？」

「片足掛けで倒すのさ、なんとかなるよ」

「そいつはクレージー、ありえない！」

「リスクを覚悟しなければ、何も手に入らないよ。でも、誰にも強制はしないぜ。明日の朝は、九時半から十時半まで、学校で歌の練習だけど、それまでは何も起こらない。十時半に、ぼくが見張りを始める」

そして、少し長い沈黙のあとで、つけ加えた。「もし誰かが手伝ってくれれば……」

「ぼくも、いっしょに見張りをするよ」と、ノエル。

一時間後、下校時間になると、ドミニックはノエルを呼び出した。

まず、もう必要のなくなったマリレーヌの双眼鏡を返すために。

次に、手錠をノエルに預けるために。

「明日の朝まで、こいつを預かってくれよ。わかるだろう。今晩、手錠をもって、家に帰れないんだ。

手錠がなくなったことに憲兵が気づいたら、みんなが家じゅう探しまわるから」

「わかった。明日の朝まで預かるよ」

「誰にも見せるなよ、監獄行きがいやなら」

「監獄って？」

「あの手錠は、アメリカ軍のものなのさ！」

「監獄のあとは？」

「電気椅子さ、聞いたことないかな？」

「電気椅子だって！大げさすぎるよ！」と、ノエルは笑ったが、それでも、やはり不安そうだ。

「もちろん、冗談だよ。それにしても、用心しろよ。アメリカ軍に冗談は通じない」

ドミニックは、口論しながら興奮して遠ざかる別の生徒たちのグループに、軽蔑するような視線を投げつけた。

「ぼくといっしょに見張りをしてくれる勇敢な仲間は、きっと君ひとりじゃないよ」

「もちろん、ぼくはいっしょさ」と、ノエルがくりかえす。

「君には、いつも親切にしてやれなかったけど。君はすごい奴だよ。そうだ、君をぼくの特別補佐官《リュートナン》に任命しよう！」

ノエルはうれしくて心臓がドキドキした。ドミニックの友情、あれほど望んでいた友情を、やっと手に入れたのだ！

その時、ババ・オ・ラムが、いつものとおり、グラン・シェフを迎えにかけつけるのが見えた。

「じゃあ、ババ・オ・ラムは？　彼も、特別補佐官かな？」と、ノエルがたずねる。

「あいつか？　そうだな、あいつは副官《オルドナンス》だ。じゃあ、ノエル、またな。明日は、決戦の日だぞ！」

「じゃあ、またね、ドミニック」

《決戦の日》……

それが明日ではないことを、二人は知るはずもなかった。決戦の日は今日、これからだったのだ！

突然、見知らぬ男がノエルに近づいた。

「ノエル・ド・サンテーグルさん？」

「ええ、そうですけど」

背が高くて、エレガントな男だった。どことなくスペイン風の、やせ細った顔立ちで、上品な声だ。

「私はあなたの父上の友人で、新聞社の編集部で仕事をしています。父上が、職場の同僚といっしょに、私をご自宅のディナーに招待してくださいました」

男は、歩道に沿って駐車中の黒いシトロエン・トラクション（前輪駆動の箱型セダン）を指さした。別の二人が車内にいる。

「途中であなたをお乗せするよう、ド・サンテーグル氏から依頼されております」

「そうなんですか！」と、ノエル。「それはありがとうございます」

二人はいっしょに車まで歩き、男が後部座席のドアを開ける。

男自身は車を半周して、運転席の人物の隣に座った。運転手は、か細くて青白い、陰険な顔つきだ。

後部座席には第三の男がいた。背が高く、がっしりした体格で、何か深い瞑想にふけっているように（あるいは、激しい歯の痛みをこらえているように！）、両手で顔をおおっている。

ノエルは、第三の男の態度が気になった。もしこの男をもっと注意深く観察していれば、車に乗ることもなく、何ごとも起こらなかっただろう。

だが、ちょうどその時、ドミニックの言葉が遠くから聞こえてきて、ノエルを失望させた。

ドミニックは、ノエルに聞こえていないと思って、ババ・オ・ラムにこういったのだ。

「さっきノエルに、特別補佐官に抜擢《ばってき》するっていったら、信じてしまったぜ。なんて鈍い奴だ、わかるだろう?」

ババ・オ・ラムの笑い声が聞こえる。

ノエルは、これまで経験したことのないほど、ひどく落胆するほかなかった。

もう何も目に入らず、何も考えられなくなって、思わず車に飛び乗ると、黒いシトロエンはすぐに動き出した。

モーツァルト大通りを通り過ぎて、ド・サンテーグル家のあるマレシャル＝フランシェ＝デスペレー大通りへ直行するかわりに、車は急に右折して、ひっそりしたヴィオン＝ウィトコム大通りに入りこむ。

その時、がっしりした男がノエルを捕まえて、手の平で口を押えると同時に、乱暴なふるまいとは奇妙に対照的な、やさしさを装った猫なで声でいった。

「怖がらなくていいよ、おちびさん。お利口さんなら、痛いことはしないから」

その時、ノエルの驚きはもっと激しい恐怖に変わった。あごひげもくちひげもなかったが、この男が誰だか、彼は直感したのだ。

ノエルの「友だち」だった、あのにせの目の見えない男だ!

ノエルは一瞬、ドミニックのさっきの言葉を思い出し、自分は結局、嘘と裏切りにしか縁がないんだと、口の中でつぶやいた。

そうなると、あとのことはどうでもよくなった。

ノエルは抵抗せずに、口に猿ぐつわをかまされるままになっていたが、そのあいだに、車は何度も方向転換して、全速力でシュシェ大通りを北上して、ランヌ大通りに入った。

その先は、目隠しをされたので、何も見えなかった。

何日か前、目隠し鬼の最中に、ノエルが長い脚にぶつかって目隠しを落とした、あのヘラクレスみたいな大男が隣にいるのだ！

第四章　ギャングたち

目隠しがはずされて、ノエルは猿ぐつわの下から悲痛なうめき声を上げた。

まわりには、恐ろしげな彫像しか見えなかった。木やブロンズや素焼き粘土の像で、たいていは黒く塗られて、しばしば白い点が描かれ、赤い粉が吹きつけられている。像は悪霊や魔術師や戦士を表し、体全体がゆがんだものもある。頭だけの像も少しあって、いちばん怖かった。壁には、斧、投げ槍、矢、盾などの一式が架けてあり、不安を誘う。その上は、仮面、タムタム、ひょうたん、動物の角、大きな筒、グロテスクな鳥たちなど、奇妙なモチーフの彫刻で飾られたオブジェの大集合だ。

あらゆる黒人芸術、ブラック・アフリカのあらゆる魔術が集まっている！

ナイフの刃みたいに細く鋭い顔の、青白い小柄な男が、とくにおどろおどろしい彫像のほうに、ノエルを強引に押しやった。シトロエンを運転していた男だ。

「こいつは子どもの血を吸う悪魔さ」

「子どもはほっておけ」と、にせの目の見えない男がうなるような声でいった。

小柄な男が言い返そうとすると、あのスペイン風の男が、抑えた声でののしる。

「おまえたちには、うんざりだ！」

それから三人が出て行くと、ノエルは鍵を二度まわす音を聞いた。後ろ手にしばられていたから、そんな用心は無駄だったのだが。

鉄のよろい戸が完全に閉まっていたが、ノエルはすき間から外に視線を送った。帯のように狭い芝生と、背の低そうな木の根元が見え、宝石のようなトカゲが一匹まどろんでいる。古い黄金のブローチのようだ。建物のまわりは個人の庭か、もっと広い庭園で、とても静かなところだ。遠くから聞こえる縁日のお祭りのにぎやかな音楽が、かえって、その場の静けさを強調している。

芝生の帯の上を一匹の蝶がひらひらと通って、ノエルを驚かせた。次には一羽の鳥が舞い降りて、針のようにとがったくちばしで、ゆっくり狙ってミミズをつかまえた。鳥が舞い上がると、トカゲが逃げ出す。

あの生き物たちは、自由なんだ！

ノエルは移動して、カバー代わりのシーツに覆われた奥深い肘掛け椅子に座った。

ぼくはどうなるのかな？　あいつらは、何が望みなんだろう？

ポケットにマリレーヌの双眼鏡と、翌朝ドミニックに返すことになっていた手錠の重さを感じた。手錠は、宝石店のホールドアップ撃退用だ。

ドミニックは、ノエルが来なかったら、あいつは臆病者だと思うだろう。でも、ドミニックのことなんか、もうどうでもいい。

その時、家の塀の向こうで怒鳴りあう声が聞こえてきて、ノエルは青白い陰険な男のかん高い声と、大男のふとい声だとわかった。少しずつ、言葉の意味が聞き取れる。

「おいおい、本当だぜ」と、大男。「あのチビは、怖がらせて死なせるために、ここに連れてきたんじゃない。あいつはいい奴だ。少し前から偵察してたんで、おれはよく知ってる」

「そうとも、そうとも」と、陰険な男がいう。「だったら、トニー、おれたちがしくじったほうが、おまえさんはうれしいってわけか？　そうなれば、ほっとするんだろうな、でかいの！」

巨人が、小柄な男のえり首をつかむ。

「おまえたちには、うんざりだ！」と、ボスが冷酷にくりかえす。脚を組んで、ガラスのやすりを小刻みに動かしながら、手の爪を楕円形に整えている。「静かにしろ！」

トニーはヴァンサンから手を放した。

「後悔してるよ……」と、大男がつらそうにいう。

「おれたちの仲間になったことか？」

「ああ」と、トニーが打ち明ける。「今からでも、やりなおせたら……」

「そいつは遅すぎる！」と、ボスがおだやかな声で応じる。怒鳴られるより相手を不安にさせる調子の声だ。「してしまったことはしかたがない。あとは最後までやるだけだ」

「ガキを捕まえるんじゃなかった。わかってくれよ、マルソー」

名前を呼ばれたボスは、にやっと笑って、左手の小指の爪をやすりで磨き始める。

「センチメンタルなお方だな」と、陰険顔のヴァンサンが皮肉っぽくいう。「自分の子どもの頃を思い出しているらしいぞ」

「ねずみ野郎！　おれには子ども時代なんてなかったのさ。孤児院育ちだ」大男は悲しそうにほほえむ。「たぶん、だからちょっと気になるのかもな……」

左手を伸ばし、両目を細めてマニキュアの仕上がりを確認しながら、マルソーが言い放った。

「よく聞け、トニー。ガキをちょっとでも痛めつけるつもりはないと約束しよう。こいつの親父が一千万フラン払ったら、すぐ手放してやる。大新聞を二つも持ってるんだから、一千万なんて、はした金さ！」

「でも、親父は警察に通報するぞ。ガキの顔写真がパリ中の新聞に載るんだ」

「サンテーグルは警察にも、新聞にも知らせやしない。すっかりお見通しさ。おれを信用しろ。この子は、そうだな、身代金を回収するあいだ、おまえがここで見張ってろ。要するに、おれがおまえに要求してるのは、ごく小さなことだ。おれたちの面倒で危険な仕事のあいだ、ちょっとだけ手を貸してくれればいいんだ！」

三人の男のいる部屋は、サロンだろうか、黒人芸術の作品は二つしか置いていなかった。たたき上げた銅製のみごとな盾と、黒檀の棍棒のようなオブジェだ。それでも、来訪者を驚かせる異様な雰囲気に変わりはない。いくつかの椅子《いす》と肘掛け椅子、安楽椅子と化粧机と大きなテーブルがひとつずつ――どれもルイ十五世時代のものだ。それに、シーツの掛ったグランドピアノがあって、シーツの端は足音を消すカーペットの上に垂れている。この部屋のよろい戸も完全に閉じてあり、かすかな光線しか通さなかった。うす明かりと静けさ、そしてちぐはぐな取り合わせの家具類は、この場所が長いあいだ放置されていたことを暗示している。亡霊の館に入り込んだ気分だ。二階に続く階段の先に、幽霊たちのファミリーが、家具とおなじようにシーツをかぶって、来訪者を見張っている姿に突然気づいたとしても、たいして驚かなかったかもしれない。

マルソーが、左手の小指に、最後のやすりを掛けた。

「これから、あのサンテーグルの親父に電話するぞ。出発だ、ヴァンサン！」

「ここで掛ければいいのに？」と、ヴァンサンはサイドテーブルの上の電話機を指さした。

「電話局に、おれたちの居場所を知らせたいのか？　どこかの駅の電話ボックスから掛けるんだ。トニー、おまえは捕虜のガキといっしょに鍵を閉めて、部屋に閉じこもってろ」

「鍵を掛けろって？　おれはガキといっしょだし、こいつは縛ってあるのに？」

「いいから、鍵を掛けて、おまえのポケットに入れろ！　このチビは一千万フランの値打ちがあるんだぞ。大金は金庫に入れて、鍵を掛けておくものだ。それから電話のことだが、約束を忘れるなよ。緊急の場合、どうしてもおまえを呼び出す必要がある時は、電話のベルをまず三回鳴らして、次に二回鳴らす。それが合図だ。他の電話には出るな」

　ボスは大男のすぐそばに近づいて、彼の眼をのぞきこんだ。

「それから、忘れるなよ」と、ボスは脅迫するような凍りついた声でいう。「おまえは、おれたちとずっといっしょだ。今度のヤマが片づくまでな。その時は、分け前を渡すよ。しばらく前におまえを脅したあの片足《ボワトゥー》を引きずる男のことだが、おれはおまえとの約束を守る。おまえはもう奴を少しも恐れることはない。おまえは自由だ。これからの人生は、好きなことをすればいい……だが、今度だけは、いうことを聞け。大事なのはそれだけだ。勝手なことをするな。おまえはおれをよく知ってる。おれは冗談をいうタイプじゃない。ボワトゥーもそうだ。もし、おれたちを裏切ろうなんて気を起こしたら、どうなるかわかるな。ヴァンサンには拳銃があるし、ボワトゥーの手下からも銃弾が飛ぶぞ。おまえの命を少しでも守ってやる義理はないんだ。わかったか？」

　トニーは返事をしないで、あきらめたように扉の敷居へと向かった。

「わかったのか？」と、マルソーが厳しい口調でくりかえした。

「耳が聞こえないわけじゃない」と、トニー。「いうとおりにするよ。あんたはおれを支配してるし、どうしようもないからな！」

「もし、チビが退屈したら、いつでも親指太郎《プチ・プーセ》（親から捨てられた子どもが出世する民話）の話をしてやれよ」と、ヴァンサンがからかう。「昔あるところに、貧しい木こりの一家が住んでいましたとさ……」

肩をすくめて、トニーはノエルが閉じ込められている部屋に入った。マルソーとヴァンサンは、トニーが扉を閉めて鍵を二重にまわすまで、廊下で待っていた。

ヴァンサンがかん高い声で叫ぶのが聞こえる。

「じゃあまたな、子守りの親父！」

それから、二人の男の足音が遠ざかり、建物の入口の扉が静かに開いて、閉まった。シトロエン・トラクションのエンジンをふかす音が聞こえている。

しばらくすると、遠くの縁日のお祭りのにぎやかな音楽しか聞こえなくなった。

トニーは、ノエルのほうをふりむいた。

少年の悲しそうな眼を見て、自分のしたことを恥じたトニーは、ノエルの両手首を縛ったロープをほどこうとする。

「おまえに危害は加えない。ボスが約束したんだ」

そういって、ちょっとためらったが、言葉を続けた。

「大声を出さないと約束すれば、猿ぐつわもはずそう」

ノエルが静かにすると身ぶりで知らせたので、トニーは猿ぐつわをはずした。

「ほらな、おれはそれほど意地悪じゃないのさ」

ノエルは音を立てずに涙を流し始めた。

「泣くんじゃない！　だいいち、泣かれたらいらいらするし、それに、おまえは、明日は自由の身だ。今夜かもしれん。だから、おとなしくしてろ」

「最初は、あなたのことを信じてました」と、ノエル。「あなたが好きだったんです」

ノエルはプードルの話をした。犬をルイ＝ブレリオ河岸の住所にみんなで連れて行った時の喜びや、大男がそこに住んでいなかった時の失望、そして別の夜、彼がじつは目が見えると知った時の驚き！

あの不思議なメッセージについては、ひとことも話さなかった。

「あなたが話したこと、どうして目が見えなくなったのか、どうやって暗闇で生きることに少しずつ慣れていったのかなんかは、みんな嘘だったんだ。あなたがぼくを監視してたのは、ぼくを誘拐するためだった……お金のために！」

ひどく悲しむ少年を前にして、大男は心が折れそうだった。ノエルへのなぐさめの言葉さえ、見つからない。

★

「もしもし！……オートゥイユ五〇―七四番？」

「はい、さようで」

「ユベール・ド・サンテーグルさんのお宅かな？」

「はい、さようで。どなたでしょうか？」

「じつは、サンテーグル、あなたに息子さんのことで情報が……」

「失礼ですが、私はド・サンテーグル様ではございません。ご夫妻はまもなく帰宅されます」

「秘書の方かな?」

「秘書も外出中で、私はコック長でございます。何か、おことづけがおありで?」

「いや、けっこう。じつはジョゼフ、よく聞いてくれ。あんたが私にこう呼ばれたくなければな、フィルマン……」相手を怖がらせるためのあてずっぽうの名前だ。

こんな乱暴で、なれなれしい話し方を聞かされて、バルナベは吐き気がしてきた。

「あんたのご主人に伝えろ、息子が誘拐されたぞ」

「えっ! 何とおっしゃいましたか?」

「誘拐だ。息子をさらったといったほうがいいかな?」

「ユウ……ユウカイ!……」と、バルナベは口ごもった。「なるほど、わかりました!そちらは警察ですね!」

受話器から、あざけるような笑い声が聞こえた。

「警察だって! あんたは冗談が好きなのか!……おれたちが、ガキを捕まえたんだ。どこにも怪我はないから安心しろ。一千万と引き換えに返してやる」

「いっせんまん!」

バルナベは、大声で数字をくりかえした。

「あんたが払うわけじゃない! そのくらいのはした金で、うろたえるな。一千万フランだ。小切手も札束もだめだ。ルイ金貨か、ドルでもってこい。それ以外は、絶対だめだ」

電話線の端末の、サンラザール駅の電話ボックスで、マルソーは磨き上げた爪を見つめながら、通話を楽しんでいる。

「もし、サンテーグルが承知しなければ」と、彼はつけ加える。「二度とガキには会えないぞ。二度とな。意味はわかるだろう」

「まさか、そんなことは！　そこまでおっしゃらなくても」

「こっちもつらいんだよ、おっさん。おれも子どもは好きだから、そんな残酷な結末は避けたいんだ。サンテーグルがわかってくれればな」

「あなたさまは、そんなひどいことはお出来にならないでしょう。そんな、そんなむごいことは……」

マルソーの声がいらだってくる。

「もういい！　道徳の先生が必要になったら、あんたを呼んでやるよ。身代金の件は、サンテーグルが承知したら、通りの側の窓に花を置け。そうだな、薔薇だ。きれいな赤い薔薇の花だ。おれは薔薇の花が大好きなんだ。手順を確認するから、あとでまた電話する。嘘はだめだぞ。警察や新聞や、他の誰かに知らせるようなことをしたら、子どもは消されるからな」

「なんてことを！……」

「赤い薔薇だ、忘れるな！　それから、最後につけ加えておこう。今日のところは一千万で手を打つが、ほんのお情けの金額だぞ。先のばしは嫌いだから、明日になったら、一千万じゃなくて、千五百万だ」

「もしもし、お待ちください。ご主人と奥さまがお帰りになりました。もしもし、切らないでくださいまし！」コック長はため息をついて、受話器を置いた。「ひどいことになったぞ！」

「おやまあ、バルナベ、どうしたの？　なあにが、何がひどいことなの？」と、マリレーヌがコメディ・フランセーズ劇場の演目の台詞の口調そっくりにたずねる。

「ああ！　奥様、ご主人様……ギャ、ギャングでございます」と、バルナベが苦しそうだ。「たった今、ギャングから電話がございました」

「ギャングだって？　それは名誉なことだ！　その……そのムッシューは、私の新聞に何か書きたいのかな？　身の毛もよだつ告白とか？　ギャングの人生の物語とか？」

「いえ、ギャングが、そうです、ギャングがご子息を誘拐したといっております」

「なんですって！」と、マリレーヌが叫ぶ。

ド・サンテーグル氏は肩をすくめて取り合わない。

「探偵小説の読み過ぎだよ、バルナベ。じゃなかったら、いたずら電話さ」

「いたずら電話ではなさそうでございます。悪漢一味は身代金を一千万フラン要求しました。ご主人様が承知したら、窓に赤い薔薇を置けと。あとでまた電話するそうです。お断りになったら、ご子息の命はないと」

「なんだって！ひどい悪ふざけだ……そうだろう、フランソワーズ＝ポール！」

「シャルル！」とマリレーヌが叫ぶ。「私のかわいいシャルル、私のおちびさん……」

すぐに、下手な女優のような作り声が、ぴたりと止まった。

彼女は母親の声、取り乱した母親の声にもどって、悲痛な叫び声でアパルトマンを満たす。

「インゲボルグ！　インゲボルグ！」

インゲボルグはスウェーデン人の子守り《ナース》の女性の名前で、いつもは「マドモワゼル」としか呼ばれない。

「はい、奥様」と、インゲボルグが離れた部屋から答える。

「シャルルよ、シャルルはどこなの？」

いつもなら、使用人には、奥様は息子をシャルルではなくて「ムッシュー・シャルル」としかいわない。

ナースが、うろたえて走ってくる。

「ムッシュー・シャルルでございますか？ きっと、ご自分のお部屋です」

「きっと、ですって？」とマリレーヌ。「《きっと》って、どういうことなの？　あなたは何もわかっていないわ」

「でも、奥様。先ほど、お食事とお風呂の準備をするために、私がお部屋を出た時には、たしかにいらっしゃいました。それから、まだ十五分もたっていません。ムッシュー・シャルルは、火星人のコスチュームで遊んでいらっしゃいましたけど」

「十五分前ですって？　でも、今はどうなの？　今は？　どこにいるのかしら？　見に行きなさいよ……さあ、走って、急いで走って」

インゲボルグは退室し、ドアがバタンと閉まる音がした。死んだように静まりかえった数秒がすぎた。

すると、苦悩で引きつったスウェーデン女の声が聞こえた。

「ムッシュー・シャルルが、お部屋にいらっしゃいません！」

重苦しい沈黙。そして――

「キッチンにも、配膳室にも、バスルームにも」

ナースは、何もできずに戻ってくる。

「どこにもいらっしゃらないんです。わけがわかりません」

マリレーヌには目の前のすべてが曇って見え、家具はゆれ動き、壁は崩れ落ちそうだった。足もとから倒れそうで、ド・サンテーグル氏が思わずかけよる。

でも、彼女は夫を押し返し、ナースのほうに走った。

「息子はさらわれたのよ。さらわれたの。あなたは、息子がさらわれるのを見過ごしたのね。あなたにあずけた私の息子が。あの子は殺されるのよ！」

すすり泣きをとおして聞こえる彼女の言葉は、ひとつひとつがもはや嘆き節にすぎず、悲痛な苦しみを全身で表している。

すぐさま、マリレーヌは激怒の母に変わった。

「あなたは怪物よ、インゲボルグ！　今すぐここから追い出して、監獄に入れてやる。あなたは共犯者よ。だから監獄よ。いいわね？　ああ、ユベール、ユベール……」

「まてまて、フランソワーズ＝ポール。何もかも、ありそうにないことだよ……十五分で消えてしまうなんて……」

「でも本当なのよ。たしかに本当のことよ。じっとしていないで、何かできないの？　何かしなくちゃ」

「警察を呼ぼう」

「下劣な連中に、私のかわいいシャルルを殺させるために？　だめ、だめ。奴らはそういったのよね、バルナベ。子どもを殺すって」

「はい奥様。それに、ご主人様。あの電話は、少しも冗談には聞こえませんでした。残念ながら！」

「ほらごらん、ユベール。お金を渡すのよ。それしか方法はないわ。私の息子、かわいいシャルルの命がかかってるのよ。いくらでも出すわ。急いで赤い薔薇を買いに行って、バルナベ！」

コック長が扉にたどりつかないうちに、叫び声が響いた。コックのウルスラの声だ。

「奥様！　奥様！　ムッシュー・シャルルが……ここに、配膳室に。食料棚《プラカール》の中に隠れて。ジャムを一壺、ほとんど全部召し上がってしまわれました」

マリレーヌは深いため息をもらして、気を失った。

「バルナベ、スコッチだ、早く！　インゲボルグ、酢をもってこい！」

ナースはマリレーヌに気つけ薬を嗅がせ、額に酢の湿布を当てた。

バルナベが震える手で、グラスにスコッチを注ぐ。ド・サンテーグル氏が、妻の頬をたたく。

「さあ、フランソワーズ＝ポール、おまえは強い女なんだから……」（いつものきまりのていねい語を忘れて「おまえ」になってしまう）。

マリレーヌは目を開けて、弱々しくほほ笑む。夫がウィスキーのグラスを唇に運ぶと、小鳥のように一口飲んだ。「そうそう、よくなった。もう一口、そうだ、それでよし」

「ごめんなさい、ユベール。ばかだったわ。でも、ひどいショックで、死にそうだったの。母親というものはね、わかるでしょう？」

「わかるかって？　もちろんだよ！　それに、あなたのひどく感情的な、芸術家とやらの本性もね……インゲボルグ、急いでシャルルを連れてきなさい。お仕置きをしてやる。尻がトマトみたいに赤くなるまで平手打ちだ。お母様の胸の痛みがわかるように……ジャムを胃袋につめこみすぎた食いしん坊の、消化不良の罰もあるぞ」

その時、夫妻は、コック長が何か話したそうにしていることに気づいた。

「もしよろしければ、ムッシュー……」

「なんだ、どうした？」

「もしよろしければ、ご主人様、奥様、私から申し上げてもよろしいでしょうか……」

「もちろんだ、いってごらん！」

「じつは、ムッシュー・ノエルのことが心配で……」

「ノエルか？」

「ギャングは……つまり、電話の男は《おまえの主人のガキ》といったのですが、どちらかはいいませんでした。誘拐されたのが、ムッシュー・ノエルのほうだったら？　いつもなら、一時間前にはお帰りになっているはずですが」

ド・サンテーグル氏が跳び上がる。

「ノエルか？　ほんとうだ。あの子のことは考えていなかった」

「ノエルを誘拐ですって？　なんてばかげた思いつきなの」と、マリレーヌがいう。魔法にかかったように、また女優の作り声を取り戻していた。そんなこと、何の意味もないわ、あなた」

「ギャングは……そう、もしギャングなら……誘拐したかったのは、ノエルじゃなくてシャルルよ」

「ノエルだって、私たちの息子だ」

「私たちの息子ですって。それも言い方ね」

「私の息子だ――あなたには、そのほうがよければ」

「あなたの養子でしょ。養子ってことは、あなたの実の息子じゃないのよ」

「養子？　それがどうした？……ギャングたちが、そんなことを全部知っているというのか？　ノエルはサンテーグルだ、シャルルと同じように。奴らには、ノエルもシャルルと同じ、私たちの息子だよ」

「今度のことは、意地悪な冗談にちがいないわ。あなたがさっき、ご自分でいったように。ノエルは学校で居残りだったのよ」

「そんなはずはない。ノエルは一度も居残りになったことがないんだ。クラスでいちばん優秀な生徒で、どこから見ても模範生だよ。それに、もし居残りなら、リュドヴィック先生から知らせがあったはずだ。私たちが心配しないように」

「そうね、学校に電話してみたら」

「もちろん」

電話に出たのは、リュドヴィック先生自身だった。

もちろん、ノエルはどれほど表彰されることがあっても、どんな罰も受けてはいなかった。まさに模範生だったから、先生はとても心配した。何も事故がなければいいのだが……

「たぶん、だいじょうぶでしょう。すぐに戻ってくるはずですから」と、ド・サンテーグル氏は急いでつけ加える。ノエルの身を守るために、情報がもれることが何よりも心配なのだ。

「もう探さないで」と、マリレーヌ。「あなたのノエルは、きっとおもちゃ屋の店先か、電気屋のテレビの前で、仲間といっしょにぐずぐずしてるわ……あの、誰だったかしら……、そう、あのドミニック・デュラックよ！　ノエルには何度も注意したんだけど、どこかの貧しい子どもみたいに、通りをうろうろする悪い習慣をやめるよういってくれれば、ドミニックに感謝するのにね」

「ありがとう、フランソワーズ＝ポール。道徳教育の時間ってわけだな。それはそうと、デュラックといえば、あなたのいうとおりだ。デュラック家に電話してみよう」

ノエルのパパがさっそく電話する。「いいえ、ノエルはうちにはいません」と、ドミニックのママ、エステル・デュラックが答えた。「ええ、ドミニックはここにいます。かなり前からです。ノエルが帰っていないのは奇妙ですわね。何もなければいいのですが……はい、ド・サンテーグルさん、ドミニックを呼びますね」すぐに、金切り声が聞こえる。「ドミニック！　急いで……なぜかって？　いいから早く！」

ドミニックの報告によれば、学校から出た時、ノエルにひとりの男が近づいて、その男と一緒に、黒のシトロエン・トラクションに乗ったという。車内には、別に二人の男がいたらしい。

「男って？　どんな人かな？　知ってる人かな？」

「いいえ、ムッシュー。一度も見たことのない人です。立派な感じでした。ええ、立派な身なりだったんです」

「もう一度見ればわかるかな？」

「いいえ、ムッシュー。ババ・オ・ラムとおしゃべりしてて、よく見てなかったんで」

「ババ・オ・ラム？」

「北アフリカの少年で、うちのレストランの洗い場で働いています」

「よく見ていなかったのに、どうして車がトラクションだったとわかるんだい？」

ドミニックは笑いを押し殺す。

「車なら、ムッシュー、メーカーのロゴさえわかれば、二度見る必要はありません。エンジンの音だけで、車種もわかります。シトロエンのトラクション15ＣＶでした」

「黒だったのはまちがいないね？」

「はい、ムッシュー」

「ナンバーは、覚えているかな？」

「見ていません。理由がなかったので」

「それはそうだ。ありがとう、ドミニック」

「ところで、ムッシュー」と、ドミニックがあわててたずねる。「車の男たちは、どんな人なんですか？　ギャングじゃないですよね？」

その時すでに、ド・サンテーグル氏は電話を切っていた。

どこか一点を見つめて、うつろな目つきだ。

「まちがいない。ノエルは誘拐されたんだ」と、ひそかな声でいう。

「すぐに警察に知らせましょうよ」と、マリレーヌ。「デュラックの息子さんが人相を教えてくれるわ、あの男たちの……」

「だめだめ」と、夫がさえぎる。「あの子は男たちには全然注目していなかったから、役に立つことは何もいえないよ。警察に通報するのは、ちょっと……」

彼は突然、マリレーヌのことばを思い出した。

「さっき、警察に通報したら息子を殺すようなものだといっただろう。ノエルだって同じことだよ」

「そんなことといったとしたら、ばかだったわ。感情がたかぶっていて、何をいったか覚えていないの。子を思う母の心よね、わかって……」

「もちろん、とってもよくわかるよ。とってもね」と、夫が痛烈な皮肉をこめていう。「あなたの《芸術家の本性》ってやつだ……ひどく感情的な」そして、コック長にむかって「バルナベ、すぐに花屋まで走って、赤い薔薇の鉢を買ってきてくれ」

「お金を払うのね？」と、マリレーヌがたずねる。

「それがどうした？」と、夫は腹を立てた。「養子だって、マリレーヌ、うちの子なんだ。ちがうかい？」

「当然よ、ユベール！　でも、そんなふうに、脅迫に負けていいなりになるのは……そうよ、不道徳だわ。犯罪に力を貸すことになるんだから」

「フランソワーズ＝ポール！」

「それに、結局……」

彼女は、はっきりいいたくなかった。それは本当だったが、それでも言葉を続けた」

「結局、ノエルは別の誰かが産んだ子なのよ……」

「なんだって、恥ずかしくないのか？」と、ユベール・ド・サンテーグルが叫ぶ。「そこまで極悪非道になれるとは、そうだろう？」

第五章　「明日朝、十一時」

「マリレーヌだけど、あの人がなぜぼくのことを好きじゃないのか、よくわかるんだ」と、黒人芸術の魔物のあふれる部屋で、ノエルはトニーにいった。「ぼくが孤児院の子だから、好きじゃないんだよ」

「なんだって！　ド・サンテーグルの息子じゃないのか？」

「本当の両親には、一度も会ったことがないんだ。名前さえ知らない。誰かが、どこかのカフェの電話ボックスで、ぼくを見つけたらしい。孤児院には四歳まで預けられて、そのあいだは、ピエール＝ノエルって呼ばれてたんだ」

「そいつは面白い！」

「そう思う？」

「面白いってのは、じつは、おれも孤児院育ちだからさ。おれも両親に会ったことは一度もないし、おれにも名前が二つあった。結局、おれたち二人は仲間なんだ！　それで、四歳の時に、サンテーグルがおまえを引き取ったのか？」

「じゃなくて、奥さんだよ」

「マリレーヌ？」

「じゃなくて、その頃の奥さんさ。ジャンヌっていう人だ。《ママ・ジャネット》って呼んでた。その人はぼくのことが大好きで、ぼくも大好きだった」

「二人は別れたのか、サンテーグルとジャンヌは？」

「ちがうよ。六年前、ちょうど、ぼくの六歳の誕生日に、死んだのさ」

「ついてないな！」と、トニーがあわれみをうかべて、首をすくめる。「それから、サンテーグルがマリレーヌと出会ったんだな？」

「あの人のことだって、ぼくはできるだけ好きになろうと思ったんだ。でも、一年後にシャルルが生まれたら、自分の息子のシャルルのほうが好きなことがわかったのさ」

「わが子シャルルなら、何でもくれてやるってわけか？」

「ほとんどね！　まあ当然だよ。まだ幼いし」

「なるほど、目に見えるようだ」と、トニーは鈍い音を立てて、近くにある太鼓をたたく。

「音楽だね！……」と、ノエル。「でも、ぼくはピアノを弾くんだけど……」

「そいつは音が大きすぎる！……」

トニーの鬼のような顔の中で、やさしい救助犬のような目が笑っている。

「おれの場合、あらゆる不幸はひとつの風船からやって来たのさ」

「風船？」

「ゴム風船だよ。もう、ずっと前の話だ。七歳の頃、パンタン（パリ郊外の町）でな。アパートのコンシェルジュの部屋で暮らしてた。けっこう年寄りの女の人で、おれのことが大嫌いだった。いたずらをしたわけでもないのに、しょっちゅう平手打ちさ。まったく！　おれは下水道のトンネルの中でしか、幸せだと感じられなかった。七月のある日、風船が、下水に流されて近づいてきたんだ。どこかのサンタクロースのプレゼントだって、思うことにした。破れてたが、美しかった、わかるか？　真赤な風船だよ、今でも思い出すぜ。拾ってきて、ゴムの切れはしを貼りつけて、ふくらませて遊んでた。ところが、壁と街灯のあいだにはさまったんで、小石を投げたんだが、風船には当たらず、街灯のガラスが割れてしまった！　ついてないよな。警官が通りかかって、警察署まで連れていかれた。コンシェルジュが呼ばれたけど、あの女は、おれがろくでなしのガキで、お情けであずかってるだけだから、引き取るつもりはないといいやがった。それから、おれはいたるところを転々とした……つまり、楽しくなくて、清潔でもないところだ……」

トニーはため息をついた。

「おれとおまえさんは、キラキラ星じゃない暗い星のもとに生まれたことを自慢してよさそうだな！」

このとてつもない力強さの下に、ノエルは奥深いやさしさを感じていた。けっして表に出てこない、隠れたやさしさだ。

「怒ると、あなたは恐ろしい人になるね。めっぽう強いから！」

「少しはな、おれの甥っ子！」と、トニーはすっかり気をよくした。

大きな象でも、ちいさな蚤《のみ》のお世辞には敏感なのだ。

「おれはプロレスの選手だったんだ。牡牛でも、パンチ一発でお陀仏さ」

「悪人とは思えないけど」と、ノエル。

「おれか？　ボスはいつも、おれが心臓にテントウムシ（「神様の虫」とも呼ばれる）をつけて生まれてきたっていってるよ！」

「でも、もうひとりの仲間は……あの、小さいほうは、ちがうね。あいつは怖いよ」

「その直感は、まちがいじゃない。あいつは、サソリを握って生まれてきたにちがいない。友だちにサソリをプレゼントするのさ！　どっちにしても、おれがいるかぎり、誰もおまえに手を出そうとはしないから、安心しろ、ノエル・サンタ！」

そういってから、トニーはあることを思いついた。

「ところで、おまえがド・サンテーグルの実の息子じゃないなら、一千万の身代金は無理な話だな」

「どうして？」と、ノエル。

「マリレーヌは、サンテーグルがおまえのために一千万払ってほしくないだろう」

「だいじょうぶ！　パパは払ってくれるよ」と、ノエルは確信をもって断言した。

夕暮れの静けさの中で、縁日のお祭りの楽しげな音楽が、いっそうにぎやかに聞こえてくる。

「きっと、回転木馬があるね」と、ノエル。「ここはどのへんなの？　郊外？」

「そいつはかんべんしてくれ」と、大男。「職業上の秘密なんだ！」

「この家、変わってるね」と、ノエルは黒人芸術のオブジェを指さしていった。

「ボスのコレクションなの？」

「おれたちの家じゃないんだ、ここは。このお屋敷は……職業上の秘密でいえないが、旅行中の友だちの家だよ」と、トニーはあいまいな言い方をした。

大男自身も、たくさんある仮面を眺めている。

「たしかに、あまりきれいなものじゃないな。別の部屋に行ってみるか」

その時、大きなスズメバチの羽音のような音が聞こえてきた。

「15CVだね」と、ノエル。

「そうかい?」と、トニーが驚く。「子どもってやつは、車のことになると何でも知ってやがる。ハンドルを握って生まれてきたみたいだ!」

シトロエン・トラクションが、すぐ近くに止まった。

「おまえの言葉によれば、おれの《お仲間》らしい」

数秒後、誰かが扉をノックした。トニーが鍵穴に鍵をさしこんで、回す。

敷居には小柄なヴァンサンが立っている。ひとりだけだ。ふくらんだ包みを脇に抱えている。

「差し入れだぞ」

でも、すぐに大声で叫んだ。

「ガキの縄をほどいたのか? ボスに知れたら大変だ!」

「扉には鍵を掛けたし、鍵はオレのポケットの中だから、ガキがズラかることはない」

「猿ぐつわも、はずしたのか?」

「叫んだりしないと、約束したんだ」

「約束だって……ばかいえ!」

「おまえは、子どものことが何もわかっちゃいない。子どもの約束は、絶対神聖なんだぞ!」

「親父づらができるほど、おとなだってわけか!」と、ヴァンサンがあざ笑う。

トニーは紙袋を開けて、さまざまな食料とパスティス酒(水で割ると白濁する食前酒)を一びん見つけた。

「こいつはありがたい」と、トニー。「仕事のほうはどうだ。何かあったか?」

「ああ、サンテーグルが窓に赤い薔薇を置いたぞ」

「薔薇だって？　何のために？」大男が驚く。

「ボスの要求だ。身代金了解、次の指示を待つ、という意味さ。一千万受け渡しの場所や時間なんかだ」

　トニーはキッチンにグラス二つと水差しを取りに行く。そのあいだに、ヴァンサンは酒のびんを開ける。

　二人は乾杯する。

「それで、いつなんだ、受け渡しは？」

「わからん」と、ヴァンサン。

「なんだって！　ボスはサンテーグルに二度目の電話をしなかったのか？」

「したさ」

「それで？」

　ヴァンサンはグラスを一気に飲み干して、ひきつったように笑う。

「相手が要求をメモしたら、もう一度かけ直すと伝えただけさ」

「そんな策略があるもんか！」

「心理学さ！」と、ヴァンサンはトニーにわざわざ説明する。「緊張感を高めるためだ」

「緊張感？」

「恐怖心だよ！　サンテーグルは、ひと晩中不安で眠れないだろう。翌朝ボスが電話すれば、万事了解だ。牛の胃袋《トリップ》の煮込みみたいに」

「トリップだって？……」

「牛肉の赤ワイン煮《ブッフ・ブルギニョン》でもいい。煮込めば煮込むほど、味がよくなる！」と、ヴァンサンは残酷そうにほくそ笑んだ。

ノエルは、ヴァンサンを恐ろしそうに見ている。

ヴァンサンも、ぞっとするような視線をノエルに向けて、立ち上がった。

「ボスに会ってくる。明日の朝、また来るからな。じゃあ、でかいの！　ガキと遊んでろ。目をちゃんと開けてな！」と、扉を閉める前に大声でいう。

トニーは、ほっとしてため息をもらす。

「もうすぐ、風みたいに自由になれるぞ、ノエル。自由になって、学校に戻れるんだ。ラテン語や数学の授業にな。ことがうまく運べばいいが、おまえのためにも、おれたちのためにも！」

「でもね」と、ノエルがためらいがちにいう。「もしド・サンテーグルさんが、つまり、ぼくのパパが身代金を払わなかったら、ぼくをどうするつもり？　いくらなんでも、殺しはしないよね？　もちろん、あなたじゃなくて、あなたの《お仲間》だけど……」

「もちろん、もちろんだ。もし、ボスが悪いことをしようとしても、この俺がついてる。奴はタフな男じゃねえから、おまえの命はおれが保証するぜ！」と、トニーは縁日のお祭りの見世物の巨人をコミカルにまねて、ノエルを笑わせた。

★

ド・サンテーグル氏の電話のあとで、ドミニックは後悔の念にかられていた。

彼の部屋には、ババ・オ・ラムが、洗い場の仕事から一分だけ抜け出して来てくれたが、ドミニックは、なにもかも自分のせいだとくりかえすばかりだった。すべての発端になった、あの呪われた目隠し鬼ごっこをいいだした自分が許せなかったのだ。

ババ・オ・ラムは、そんなことはないと説得しようとした。ギャングがノエルを誘拐したのは身代金を要求するためであり、目隠し鬼ごっこをしても、しなくても、ノエルは誘拐されただろう。それはまちがいない！

「きみにはわからないよ」と、返事に困ってドミニックがいう。

うまく説明できなかったが、罪の意識という悲痛な感情が彼の心を占領しているのは、偶然の一致という、残酷な事実のせいだった！　そうだ、自分が、ドミニックが、ノエルをギャングの一味に、文字通り引き渡したのだ！　まさにノエルを誘拐しにやって来たギャングたちの手中に！　ドミニックは、共犯者になったという後ろめたい気分につきまとわれていた。まるで悪魔に手を貸して、不幸の手助けをするために、運命が彼を選んだかのように。

「ノエルは、あんなに親切だったのに」と、彼は嘆いた。「ぼくをよろこばせるために、何でもしてくれた。ぼくのほうは、あいつを軽く見て《鈍い奴》とか、蚊みたいなお坊ちゃんの《サン・ムスティック》なんて呼んでたんだ……なぜか、やさしくなれなかった」

よくあることだが、わかった時はもう遅すぎる！

「聞いてよ、グラン・シェフ」と、突然ババ・オ・ラムがいう。「ノエルを誘拐したのは、にせの目の見えない男じゃないかも！」

「でも、奴がギャングの一味なのはたしかだ」

「きっと、ちがうんだよ！　あの不思議なメッセージをどう思う？」

「メッセージか？　なるほど、そのとおりだ。忘れてたよ！」

「最後のメッセージ、覚えてるだろ。《明日朝十一時》だよ。にせの目の見えない男があのベンチに来ていたのは、その準備のためで、ノエルの誘拐のためじゃなかったんだ」

「なるほど！」と、ドミニックが認める。

でも、ほっとしたのはつかの間だった。ドミニックは続ける。

「そうはいっても、全部ぼくのせいだよ。メッセージを見た時、アンチョビ・フェースは警察に知らせようといった。きみもね。でも、ぼくはノン！　といったんだ。そのうえ、アメリカ軍の憲兵から手錠を《借りて》、ギャングを捕まえようとしたのさ。まったく狂ってたよ！

あの時、なにもかも警察に話していれば、宝石店を見張るために、学校の前に警官を張り込ませていただろう。

「それから？」

「ノエルは学校の前で車に連れ込まれたんだから、ノエルの誘拐は防げただろう。じゃなくても、トラクションのナンバーくらい、書きとめられたはずだ」

ドミニックは立ち上がった。

「警察署だ……すぐに署長に会いにいかなくちゃ」

レストランに戻って、ムッシュー・デュラックとマダム・デュラックに出来事を全部知らせる前に、ドミニックがささやく。

「手錠のことは、話す必要ないよね？」

「そのほうが用心深い！」と、ババ・オ・ラムがいう。

警察署でも、二人は手錠の件はよけいだと判断したが、それ以外は全部話すことになった。

「少年諸君、立ったまま夢でも見たんじゃないか」と、署長は話を疑うというより、まったく信じないで、ぶつぶつ言った。「もし、君たちの仲間がさらわれたなら、ご両親から連絡があるはずだ。そうだろう！」

とはいえ、事情をはっきりさせるために、署長はオートゥイユ五〇―七四番に電話する。

電話に出たのは、マリレーヌだった。

少しためらってから、彼女はノエルがたしかに行方不明ですと明言した。

「なんですって、それは驚きましたな、マダム」と、署長が叫ぶ。「しかし、その場合、ご事情を説明いただだかないと……」

「どうして、すぐに警察に知らせなかったか、ですわね？」と、マリレーヌ。「夫のムッシュー・ド・サンテーグルに、そうするよう急がせたのですけれど、悪漢たちに電話でひどく脅されましたので……」

「ええ、もちろん、よくわかりますよ。でも、最初の遅れが重大な結果をもたらすこともありえますから。ただちにお宅に向かいます。一秒も無駄にできません」

署長は、猛烈な勢いで電話を切った。

「まったく、いつも同じ話さ！　羊たちは狼を恐れるが、それ以上に、自分たちを守ってくれる番犬を怖がるんだ！　わかりやすい理屈だ！……」

そういって、署長は秘書のほうを向いた。

「あのメッセージの話と子どもが消えた件は、たしかにつながっている。まちがいなく身代金目当ての誘拐だ。だが、おそらく、この子は何かを発見したんだ。宝石店にかかわる犯人たちの計画を妨害できるような、細かいことを。何だかわからないが。にせの目の見えない男の人相書きをすぐに、司法警察に送るんだ。犯罪記録簿に、たぶんデータがあるだろう」

署長は、子どもたちのところに戻った。

「君たちが通報してくれたので、この男を部下に尾行させて、犯人一味を逮捕できるだろう。君たちが、仲間の命を心配してふるえあがることもなくなるぞ。例のボードが伝えようとしていることも、わかってくるだろう。最後のメッセージは《明日朝、十一時》だったね?」

「そうです、署長さん」

「よろしい。明日の朝は授業だろう、ドミニック?」

「はい、九時半から十時まで歌の練習です」

「了解だ。では、九時に署に寄りなさい」と、署長。「君も一緒だぞ」と、ババ・オ・ラムにもいう。

「君たちに、新しい指示を知らせよう」

第六章　館の友だち

ユベール・ド・サンテーグル氏は、自邸のサロンで、マリレーヌと警察署長のそばに腰かけている。彼らのあいだでは、すべての情報が共有されていたから、あとは待つだけだ。ギャングたちは、次の電話で、身代金受け渡しの条件を指定するだろう。

「悪党たちは、この拷問をいつまで長引かせるつもりなんだ?」と、ド・サンテーグル氏はつぶやいて、熱に浮かされたように、広い室内を歩きまわる。

「おねがい、ユベール！　落ち着いてちょうだい」と、マリレーヌ。

「落ち着けだって！　口でいうのはかんたんさ。でも、こんな待機は神経がひどく……」

突然電話のベルが鳴って、彼は跳び上がる。

「きっと奴からだ！」

また、ベルが鳴る。

サンテーグルは電話機を見つめたまま、催眠術にかけられたように身動きひとつしない。

「ねえ、ユベール、電話に出て。でも、落ち着いてね」

サンテーグルが、受話器を持ち上げる。

「もしもし！　マダム、こちらはマルティノー・クリニックじゃありませんよ！」と、彼は叫んだが、すぐ冷静になった。「どういたしまして、マダム」

「まちがいデンワだ」と、機械仕掛けのようにいって、マリレーヌと、それから署長をじっと見ている。

「ところで、残念に思うのは……」と、署長。

「マダム・ド・サンテーグルは、私が電話をかけた時、本当のことをおっしゃったんですね？」

「もちろんですわ。そうじゃなかったら、悪漢たちのことを署長さんは知らなかったでしょう。かわいそうな子どもの命がかかっているんですよ……」

「捜査網はかなり絞られました。ご安心ください。警察の介入が、お子さんを無事に取り戻す唯一のチャンスですから」

「どうしてですか？」と、ド・サンテーグル。「私が一千万払ったほうが……」

「その場合、あなたは二度とノエル君に会えないでしょう。よく考えてください。ノエル君は、彼を誘拐した連中の正確な似顔絵を提供できるのです。あなたが身代金を払っても、払わなくても……乱暴な言い方で申し訳ありませんが……死人に口なし、ということになるでしょう」

「恐ろしい！」

「それに、あの下劣な連中の要求に屈することは、この種の犯罪を助長しかねません」

「聞いてるの、ユベール？」と、マリレーヌ。「それこそ、私が署長さんにいうつもりで黙っていたことよ。そっくりそのままね。身代金を払うのは、不道徳だわ……」

「わかってるよ。だが、こんな時に道徳を持ち出すなんて！」と、サンテーグルがいらだつ。

「道徳はお二人におまかせするとして、いずれにしても、現在ノエル君には何の危険もないと申し上げておきましょう。現金を手にしないかぎり、悪党たちには脅迫の手段として、彼が必要なのです。だから、電話口で息子さんの声を、泣き声や悲しそうなお願いを、あなた方に聞かせるでしょう。悪らつですが、古典的なやり口ですな！　連中から電話があったら、あらゆる要求にひとまず同意してください。そのあとすぐに、私に電話願います」

　サンテーグルは、返事をしない。

「あなたを信じていますよ、ムッシュー・ド・サンテーグル」と、署長が言い張る。「私に電話してくれますね？」

「もちろんですわ、署長さん」と、マリレーヌのほうがいきおいよく答える。「夫から電話さしあげます」

　署長は、もう一度言い張る。

「ムッシュー・ド・サンテーグル、あなたの返事がありませんが……」

「し、失礼しました。でも……まだ決めかねているんです。わ、私は怖い！」

　そして、署長に思いがけない質問をした。

「署長さんには、お子さんがおありですか？」

「いいえ！　残念ながら」

「それでは、こちらの気持ちが伝わりませんね」

「あなた、失礼よ」と、マリレーヌが割って入ろうとする。

「ちがうよ！」と、サンテーグル。「ノエルは養子にすぎないという話をくりかえさないでくれ。あの子は私の息子だ。息子になったんだ！」

彼は、叫ぶように言い放った。

「そのことがあの子にじゅうぶん伝わらなかったのは、私のせいだ。だからね！　なんとしても、悪党から取り戻さなくては……」

もちろん、この言葉には「あの子を私がどれほど愛しているか、今も、これからも！」という意味がふくまれていた。この時になって、ド・サンテーグル氏はそのことをようやく理解したのだ、ドミニックがそうだったように。

「おっしゃることは、よく理解できます」と、署長。「でも、次からは私に電話してください。電話しなくてはいけませんよ。どうしても必要なんです。お忘れなく！　それが生きている息子さんに再会するための、ただひとつの手段ですから」

「たしかに、あなたのいうとおりでしょう」

「私のいうとおりです！　それは、私が残酷な経験から学んだことです。では、またお会いしましょう、ムッシュー・ド・サンテーグル。失礼します、マダム」

「玄関までお見送りしますわ、署長さん」と、マリレーヌ。

玄関のホールで、署長がつぶやく。

「マダム、私に電話するよう、なんとかしてご主人を説得してください」

「おまかせください。夫がだめなら、私から電話いたします」

サロンの夫のところにもどる前に、彼女はシャルルの部屋に入った。おチビさんは、すやすや眠っている。ギャングの犠牲者がもしシャルルだったら、この小さなベッドはからっぽなのね……そう思うと、彼女は気絶しそうになった。

★

トニーは、パスティスをもう一杯なみなみと注いだ。

「飲んだことあるか、パスティスだ、ノエル」

「一度もないよ、味見させて！」

「ウーム、ジャネット母さん（ノエルの最初の養母ジャンヌの愛称）が許してくれないぞ。まあ、いいか、唇を湿らせるくらいなら」

「おいしいね！」と、ノエル。「じゃあ、煙草は？　一本くらいくれないかな？」

「おまえを病気にして、マダムから大目玉をくらいそうだ。そうなったら失業かな？　まあ、いいか、おれのを一息だけ吸ってみろ」

ノエルが、煙を吸って咳き込む。

「ほらな、すぐ慣れるさ」

不思議だった。大男と一緒だと、ノエルはやさしく守られている気持ちになれるのだ。

二人は、黒人彫刻の悪魔の部屋から隣のサロンに移った。

家具や肘掛け椅子が白い布でおおわれて幽霊のように見え、ノエルを驚かせる。トニーが打ち明け話を始めた。

「こんな話はすべきじゃないんだが、けっこう大事なことなんだ……約束は守れるな。誰にも、ひとことも話すなよ！……この館の持ち主は水と森林保全局の局長で、局長さんは、二年ごとに半年しかここに住んでいない。残りの一年半は、西アフリカのギニアで、バオバブの世話をしたり、ワニのカイマンや虎の狩りをしたりしてるのさ」

「わくわくするような暮らしだね！」と、ノエル。

「好みは、人それぞれだ。おれは夜寝ようとして、ベッドにサソリを見つけたりしたくないし、夜中に、おまえの頭くらいの大きさの巨大なカニグモが顔のうえに降りてきて、目が覚めたりも、ごめんだ！　要するにだな、館の主人はこの建物の場所が気に入ってるのさ。とても静かな狭い通りで、猫一匹とおらないし、近所の住人もいない。正面は売出し中のアパルトマンで、まだ誰も住んでいない。それで、局長さんのお宅に無断で泊まってるんだ。おまえの親父の支払いが済みしだい、ズラかるって計算さ、行き先を残さずにな」

「賢いね！」と、ノエル。

二人は、まるで漫才のコンビのように、ゲラゲラ笑った。

しばらく沈黙が続いて、「奇妙だね」とノエルがいう。「こんなところで。二人だけでおしゃべりしてるけど、あなたはぼくを誘拐したんだから！」

「まあ、そうだな」と、トニーは後ろめたそうだ。「でも、面白いことを知りたくないかな？おれはおまえの見張りが役目だから、おまえはおれの捕虜ってわけさ。そこで、おれたちはふたりとも捕虜なんだといったら？」

「わからないや」

「当然、お前にはわからないよな。だが、じつはおれも、おまえと同じで、自由の身じゃないんだ。おまえより自由じゃないかも」

「あなたたちの一味のせいで?」

トニーは、ちょっとあいまいに肩をすくめた。

「おれの一味、だよ。別の一味もいるからな」

彼はため息をついて、巨大な握りこぶしで額をたたいた。

「全部、おれにはどうにもならないことさ、どうにも!」

トニーの言葉を聞いて、彼が誘拐事件とは別の謎の事件、なにか悲劇的な事件のことをいっているのだと、ノエルは察したが、質問はせずに、話を変えた。

「おなかすかない?」

「そいつはいい考えだ。仲間の差し入れを見てみようぜ」

トニーは紙袋の中身を調べあげた。

「赤ワイン、一リットルだけか!　地下の貯蔵庫を探してみよう。家主の局長さんが、何か隠してるかも……」

地下に降りたトニーが、食料を調べ始める。

「にんにくソーセージ、ゆで卵、キャベツの酢漬け《シュークルート》か。さっそくキッチンで温めよう。こんなものでいいかな?」

「大好きさ!」と、ノエル。「でも、そういうものはマリレーヌが食べさせてくれないんだ」

少し遠くでは、縁日のお祭りが盛り上がっている。叫び声、笑い声、ラウドスピーカーが大声を出す。

突然、レコードがかかって、「やさしいヒバリ」の歌が鼻声で聞こえてきた。

「この歌、よく知ってるよ」と、ノエル。

ぼくの学校、リュドヴィック学園の授業で、学年末表彰式のために練習してるところなんだ。ぼくがソロを歌うのさ。

少年はサロンのピアノまで行って、カバーを取った。黒い豪華なスタンウェイだ。彼はゆっくりと、「ヒバリ」の曲の、いくつかの小節を弾いた。

「おい、おい、気でも狂ったのか」と、大男が抗議する。「まわりに聴かせて、おれたちがいるって知らせたいのか?」

「ああ! ごめん、ごめん」と、情けない様子でノエルがいう。「すっかり忘れてたよ!」

「まあ、かまわんけどな」と、トニー自身もくちずさむ。

アルエット・ジャンティユ・アルエット
アルエット・ジュ・トゥ・プリュムレ!
ヒバリさん、やさしいヒバリさん
君の羽根をむしっちゃえ

おごそかな感じの低音だった。

「歌がすごく上手だね!」

「まあな」と、トニー。「おれがいちばん得意なのは、狩猟の角笛の口真似さ。誰にも負けないぞ。ここで聴かせられないのが残念だけどな」

トニーはノエルの髪を親しげに、くしゃくしゃにする。

「食事の用意が整いました、ご主人様！」

「気合が入ってるね」と、ノエル。「では、失礼」

そういって、上着をピアノのほうにいきおいよく投げた。金属がぶつかる音が聞こえる。

「くず鉄でも着込んでるのか？」と、トニー。

「あれは手錠だよ」と、ノエルは無邪気に答えたが、いまの状況では、この言葉がとても危険な意味をもつことにすぐ気づいて、後悔した。

「手錠だって？」と、トニーがうなる。「変な冗談が好きなんだな！」

そして、ノエルの上着を不審そうに調べに行く。

トニーは眉をひそめた。額に三本のしわができて、髪の毛の生えぎわと眉を近づけたので、額がなくなったように見える。

「なんだと、本当だ！　手錠だ！　信じられん、まったく！　この可憐なガキの天使づらを見ろよ……こいつがポケットに隠して、手錠を持ち込んでいたとは！　さあ、説明しろ！」

突然、恐ろしい表情に変わって、近づいてくる。

「で、でも……ぼ、ぼくは……」と、ノエルが口ごもる。

「手錠があるなら、ついでにハジキもあるのか？」

「ハジキ？」

「拳銃だよ」

トニーはノエルの上着を探って、布の中に固くて丸い物体を感じた。

「あったぞ、拳銃だ！　最高だぜ！」

じつは、マリレーヌの双眼鏡だったのだが。

大男はノエルのところにもどって、手錠をふりまわした。

「どうやら、このムッシューは、こいつをおれの両手首にかけるつもりだったらしい！　たぶん、おれが眠り込んでるあいだにな。こんな陰謀を、おまえの小さな頭に隠しておいたのか！」

左手で、ヘラクレスみたいな巨人がノエルのシャツのえり首をつかんで持ち上げたので、ノエルは爪先立ちのかっこうになった。男は右手のばかでかい拳を、少年の頭上に振り上げている。ノエルは、最後の瞬間が訪れたと覚悟した。

★

マルソーとヴァンサンが、モンマルトル界隈のブランシュ広場のバーに、離れて座っている。バーは、ネオンの照明を浴びて燃え立つようないろどりで、コイン・マシーンの騒音がにぎやかだ。

「煉瓦（金のインゴット）の受け渡しの手はずは、問題ないのか？」と、ヴァンサンがたずねる。

「サンテーグルとは、ブーローニュの森で落ち合うように決めるつもりだ。滝《カスケード》のそばの小道に、奴一人で、歩いて来させる。少し離れたところから、新聞を振って合図するんだ。あいつの会社の新聞のひとつさ。ちょっとした細かい配慮というわけだ。相手もわかるはずだが。そうしたら、奴は歩道にスーツケースを置くはずだ。俺たちにさりげなく背を向けたままでな」

「俺たちの写真を撮らせないために？」

「おまえには、隠しごとはできんな！　おまえは歩道沿いに車を徐行しろ。おれは、途中でスーツケースを拾い上げるだけだ」

「でも、車のナンバーを控えられるぞ！」

　マルソーは、あわれみをこめてほほ笑む。

「まるで赤ん坊だな！　作戦のために、どこかの紳士の車を拝借するのさ。おまえはポルト・マイヨ（ブーローニュの森に近い環状道路のロータリー）の近くに、おれたちのトラクションを停めておいて、そっちに乗り換えるんだ」

「オーケー！　煉瓦十個の重さは？」

「二十キロくらいかな、その日の相場によるが」

　ヴァンサンはうっとりして、思わず笑みをもらしたが、すぐに顔色が曇った。

「それで、サンテーグルが警察に通報していたら？」

「何ごとにも、危険はつきものさ！　だが、そんな不愉快な可能性はなさそうだ。あいつには警告済みだからな。もし、おれたちに狼の罠《わな》を仕掛けたら、坊ちゃんは超特急で天国行きだぞ！」

「どっちにしても、そうなるかも」と、ヴァンサン。「さもないと、あの天使は、おれたちの人相の情報を警察に知らせるだろうよ。うれしそうに！」

「もちろんだ。だが、トニーには、ひとこともいうなよ。あのバカに疑われたら、何をしでかすか……」

★

トニーが手錠を見つけて荒れ狂い、なぐり倒しかねない勢いでノエルを抱え上げた時、少年は、今が、あの謎のメッセージと宝石店のホールドアップのことを思い切って話す最後のチャンスだと、自分に言い聞かせた。

「手錠は、学校の友だちが見つけたんだ。アメリカ製だよ。チェーンの長さでわかる」

「アメリカ製だろうと、何だろうと、おれが着けたいようなブレスレットじゃない。さあ、説明しろ、早く！」と、トニー。

「学校の仲間が持っていて、ぼくのカミソリ研ぎ器と交換したんだ」

「それで、手錠で何をするつもりだったんだ？」

「別の仲間のヘリコプターの模型と交換したくて」

ノエルは、口から出まかせでしゃべり続けた。

そのあいだに、トニーの怒りと不信は少しずつ静まり、ようやく腕をノエルから離した。

「もし、その気があれば」と、ノエルは提案した。「ぼくの手錠を、何か別のものと交換してもいいよ！」

「おありがとうよ！　手錠が何の役に立つんだ？　警視総監でも逮捕するか？」

トニーは手錠をじっと見てにやっと笑い、肩をすくめると、やっかいなしろものをテーブルの引き出しにしまった。

「さあ、めしの時間だ！」

第七章　不思議なメッセージの秘密

その日の夜、ドミニックは恐ろしい悪夢を見た。ノエルが生きたまま、首まで穴に埋められているのだ。

マリレーヌも、夢の中で、ぞっとするような場面を見て、もがいていた。仮面の男たちが、大事なシャルルを連れ去ったのだ。あとを追おうとするが、手足が鉛のように重くなって、人間の限界を超える疲労を感じないと前には進めない。潜水夫が逆流の中で前進するように、体を曲げている。口を大きく開いて何か叫ぼうとするが、声が出せず、息が胸につまって、胸が破裂しそうになってしまう。

ド・サンテーグル氏は、暗闇の中で目を大きく見開き、枕元の置時計の文字盤を秒針が進む音を聞いている。彼の苦悩は、しつこいチクタクという音で、つのるばかりだ。

彼はノエルのことを考えている。だが、頭に浮かぶのはこの名前ではなくて、ぼくのチビ《モン・プティ》という二つの言葉だった。

そして、この二つの言葉を口にして、これまで自分が一度も心を動かされなかったことに気づいて、愕然《がくぜん》とした。「なんてことだ！　実の息子シャルルの場合は、そうじゃなかったのか！」

結局、ド・サンテーグル氏が父親業の見習いを再開したのは、歓喜ではなくて苦悩によってであり、血を分けた息子ではなくて、見ず知らずの父と母から生まれた男の子のためだったのだ！

ノエルのほうは、夢の世界で、水と森林保全局長と一緒に象の背中に乗って草原を走りまわり、無数のカイマンや虎を退治して、すやすやと寝息を立てていた。

夜中に目が覚めて、彼は急に不安になった。まず、自分のいる幽霊屋敷のような場所がどこだかわからなかったし、それに、床に敷いたマットの上で眠り込んだ大男の寝息が聞こえたからだ。

その気になれば、ノエルはトニーを起こさずに、窓から逃げ出せただろう。でも、それはできなかった。トニーを裏切ることになるからだ。トニーは縄をほどいて、ノエルを解放してくれたから、信用できる人だった。

また眠りこむ前に、彼は暗闇の中で、自分の看守の力強く、落ち着いた寝息が昇ってくのを聞いていた。

★

「おい、ノエル、よく眠れたか?」と、トニー。

「夜中に何も聞こえないくらいにね！　いま何時?」

「七時だ」と、トニー。

ぼさぼさ髪を逆立てて、トニーは湯気の立つ大きなカップを差し出す。

「コーヒーに砂糖はおいくつかな、ムッシュー・ノエル?」

「二つお願い！」

「了解《ヴォワラ》！　ご用意ができました。ミルクとクロワッサンはご容赦ください。パン屋と牛乳屋がストライキ中なもんで。さあ、早く飲んで、冷めないうちに」

「ありがとう。ご親切に、トニー」

そうこうするうちに、玄関のベルが鳴る。

「あなたのお仲間かな？」

「ちがうだろう！　あいつらはベルを鳴らさない！」と、急に不安顔でトニーがいう。

彼は窓辺に椅子をもってきて上に登り、よろい戸のすき間をのぞく。

「柵の前に、誰かが二人いるぞ」と、トニーがささやく。「捜査員じゃなけりゃいいが！　絶対に大声を出すなよ！」

もう一度、しつこくベルが鳴る。

「その人たちは、何してるの？」と、ノエルが聞く。

「ひとりは柵の扉をゆすってる。いま、二人で話し始めたぞ。ひとりが上着の内ポケットに手をつっこんだ。きっとハジキを取り出すんだ。おっと、ちがった。札入れだぞ。いったい、何やってるんだ？よく見えない」

トニーは爪先立ちになる。

「何か書いてるぞ。きっと令状の執達吏《ユイシエ》だ」

しばらくして。

「まだ書き終わらない。ああ、やっと終わった！　書類を郵便箱に入れて、二人で立ち去るぞ。ヤバかったな！」

さらに数分後、トニーは外に出て、郵便箱に手をつっこんで書類を取り出し、急いで家に入ると、ノエルの前で、ボールペンでなぐり書きの文章を、大きな声で読み上げた。レターヘッドには、こう記されている。

アルベール・ジェルマン
オートヴォルタ　ワガドゥグー（西アフリカ内陸の共和制国。現在のブルキナファソ）

きわめて敬愛すべき保全局長閣下にして親愛なるほら吹き様

お元気でしょうか？

ジュールと私は、首都のワガドゥグーからボボ＝ディウラッソ、アビジャン、ボルドー経由で、昨日の朝、歓喜の念とともに本国の土を踏みしめたところです。乗り合いバス、ローカル線、船、そしてプルマン特急を乗り継ぎました。ご存知のとおり、ちょっとした遠足ですな！

滞在は二か月の予定で、カリテ印シアバターのストックを持ってきました（あの有名な「カリテ印」ですぞ、閣下！）。この商品を、研究所や美容院やエステティック・サロンに売り込むつもりです。あなたのような高級官僚には、誰でもなれるわけではないのです！

パリに着いて、まずあなたを思い浮かべて、お宅にお邪魔した次第です。ご不在のようでしたね！

目下、ラ・トレモワル・ホテルに泊まっております。同じ名前の通りです。とても湿っぽい《トレムイユ》と発音してください！……。いずれにせよ、また参ります。洗濯屋の決まり文句のようですが！

さらば、そして兄弟の友情を。我々はあなたをうやうやしく、砕けるくらい強く抱きしめます。

きわめて敬愛すべき保全局長閣下！

署名者、アルベールとジュール

「面白い連中だな、植民者か」と、トニー。「アフリカの奥地を出てこっちに来たら、別の植民者を訪ねることしか頭になさそうだ……また奥地の話でもするんだろう！」

数分後、ヴァンサンが不意に現れる。

「ボスは来てないのか？」

「見てねえ！」と、トニー。

「ボスがトラクションを用意したから、ここで落ち合う手はずだ。サンテーグルに電話して、指示を伝えるのさ」と、ヴァンサンはいって、あくびをする。「コーヒー一杯飲ませろよ！　昨日は一晩中ダンスして、朝五時に寝たんだ！」

「おれは早く寝たから、快調だぜ！」と、トニー。

台所のほうに消えると、コーヒーポットを持ってもどってくる。

「ほらよ、お嬢さん！」

その直後、トニーとヴァンサンにはエンジンの音がまだ聞こえないうちに、ノエルが知らせた。

「トラクションが来たよ」

「決まったぞ」と、館に入るとすぐに、マルソーがいう。「サンテーグルが全部オーケーした」

「ものわかりのいい男だ！」と、ヴァンサンが皮肉っぽく笑う。

「おまえはガキの縄をほどいて、猿ぐつわもはずしたんだな」と、マルソーが静かな声でトニーにいう。

ヴァンサンの目が意地悪そうに光る。大男がボスに締め上げられるぞ！

ところが、その反対だった。

「よくやった」と、マルソーがいった。「おれたちの友だちのノエルは、ものわかりがいいから」と、そこでやさしそうにほほ笑んで「おれは子どもが大好きさ」

トニーはカリテ印シアバターの密売人が来たことを話し、彼らが残したメッセージを見せた。

マルソーは、手紙をポケットに突っ込む。

「こいつは家を出る時、また郵便箱に入れておく。自分宛じゃない手紙は残しておかない」

「身代金の受け取りは、いつかな？」と、ヴァンサンがたずねる。

「月曜だ」

「あさってか！　どうして今日じゃないんだ？」

「サンテーグルに、金を集める時間を都合してやるのさ。忘れるな。金貨とドルで、と指定しただろう。ドルだって、プチパンみたいにパン屋じゃ買えないからな」

ヴァンサンは納得しかねて、うなった。

「月曜の五時って、朝のか？」

「いや、夕方だ」と、マルソー。

「遅い！　二日かかるぞ……相手は大新聞の社長だろう。いくら金貨でも、たかが一千万くらいで、そんなに待たせるとは……」

ヴァンサンは、脅すように手を動かす。

「もし、サンテーグルが不運にも約束を守らなかったら、息子の命は……」

「なんだって？」と、トニーが叫ぶ。

ノエルは部屋の片隅でちぢこまって、恐怖に震えている。トニーの行動は、少年を驚かせた。立ち上がって、ヴァンサンの横に立ち、両手の拳を握りしめたのだ。

「この子を、どうするつもりだ……」

「なんだって？」と、ヴァンサン。トニーの考えはよくわかっている。

「この子のことで、おまえは何がいいたいのか、聞いてるのさ」

「いま言ったとおりだ。おれは自分で納得したことしかいわない」と、ヴァンサンはかみつくように答える。「聴こえなかったのなら、評判のいい耳鼻科の医者を紹介してやるぜ！」

大男は頭に血が上って、顔が真っ赤になったかと思うと、ヴァンサンの肩を激しくこずいた。ヴァンサンは思わず跳び上がり、応戦しようとしたが、トニーは上着のえりをつかんで、相手をやすやすと扉にたたきつけた。椅子がいくつも転がって、大きな音を立てた。

「そこまでだ！」と、無頓着な様子でマルソー。

トニーに、頭で合図する。

「椅子を起こしておけ」

トニーが倒れた椅子を起こして、ヴァンサンを怒鳴りつける。

「おまえの態度は気に入らねえな。この次は容赦しねえから、用心しろよ！」

「こっちのせりふだ！」と、ヴァンサンが陰険な表情でやり返す。「いまに見てろよ……」

突然、冷酷な声が振り下ろした鞭のように響く。

「座れ！」と、マルソーはトニーに命じた。トニーがしょんぼりとしたがう。おまえに、あと二日分の食糧を差し入れるから、ガキの見張りを続けろ」

それから、犬を口笛で呼ぶように、ヴァンサンを呼ぶ。

「ついて来い！」

二人が出て行く。

家の門を出ると、マルソーはカリテ印シアバターの商人が書いたメッセージを郵便箱に戻して、二人はトラクションに乗り込む。

「トニーの前じゃあ、少しは言葉に気をつけろ！　今度の仕事が片づいたら、気の毒だが、おまえはもうお払い箱だ。まったく、役に立たん奴だな！」

ヴァンサンはひどく落ち込んで、車を猛スピードで急発進させた。


午前九時、ユベール・ド・サンテーグルは自邸を出た。

「ランチには帰るよ。でも、たぶん少し遅くなる」と、彼は妻にいっておいた。「新聞の編集長たちと、とても重要な打ち合わせがあるんだ」

それから、国際関係の緊張が高まり、社会情勢が不安な雲行きになっていることもつけ加えてから、こういった。

「私が帰るまで留守にしないように、フランソワーズ＝ポール。ギャングたちが、次の指示を伝えるために、いつでも電話をかけてくるはずだ」

「家から出ないわ、ユベール。でも、電話には、どんな返事をすればいいの？」

「署長さんと打ち合わせたとおりだ。ギャングの要求には何でも同意して、指示を正確にメモしておくように」

「警察に知らせていいのね？」

夫は両手を広げる。

「それが、かわいそうなあの子を生きたまま取り戻す唯一の手段だよ」

署長への電話を約束しなかった夫の、この急変、とくに声の調子の変化を聞いて、マリレーヌのためらいは確信に変わった。「あの時、ユベールは演技をしていた。でも、下手な演技だった」と、彼女は思った。女優といっても、演劇にそれほど詳しかったわけではないが！　あの時すでに、夫は悪党から電話で指示を受けていたのだと、彼女は確信した。それはまちがいではなかったが、そのことを彼女に知らせたくなかったし、署長に通報するつもりもなかったのだ。編集長たちとの打ち合わせなどといいながら、じつは銀行や両替店を回って、金貨で一千万フラン集めてくるつもりなのだ。

マリレーヌは、だまされているふりをした。

「私にまかせてちょうだい、ユベール」


ドミニックとババ・オ・ラムは、約束を守って警察署長の前に立っていた。

二時間後の十一時に、リュドヴィック学園のすぐそばで悪事が実行されるんです、と二人は言った。

どんな悪事なのか？

宝石店のホールドアップ？

その可能性を、署長はまったく信じてはいない。

だが、何が起こっても不思議はなかった。

どのみち、あの不思議なメッセージの意味が、やがて明かされようとしていた。

「ふたりとも、よく聞きなさい。ラヌラグ通りには、ネズミ取りの罠《わな》を仕掛けておこう」

「ネズミ取りの罠？」

「私服刑事数人が、散歩のふりをして張り込むことだ。学校では、この件について、ひとことも話さないように。絶対に秘密を守るんだぞ」

「了解です、署長さん」と、ドミニック。

署長は、ババ・オ・ラムのほうをふりむいた。

「ドミニックは、歌の練習が終わる十時半に学校を出るから、君は校門で待っていなさい。彼が来たら、歩道で一緒にビー玉遊びのふりをするんだ。にせの目の見えない男か、トラクションの男を見たら……」

「刑事さんに合図するんですね？」

「そうだ。でも、目立たないように。いいな？」

隣の部屋では、電話で話していた秘書がこちらにやって来る。司法警察《PJ》に大男の人相書きを渡してあったが、身元が特定されたらしい。パリ市十五区の安ホテル住まいの、トニーという男だった。みじめな境遇の男で、重大な前科や前歴はないが裏社会と関係があり、警察の捜査網に引っ掛かったのだ。二日前から帰宅していないようだ。姿を見せたら、「信頼のおける」内通者である家主が、ただちに通報するだろう。

「最後の質問だぞ」と、署長は少年たちにいった。「君たちは、私に全部話したかな？　細かいことで、何かいい忘れていないかな?　どんなに小さなことでも!」

凄味のある声だったので、ドミニックとババ・オ・ラムは不安になり、顔を見合わせた。二人も同じことを考えていたのだ……

「全部話したかな?……」ちがう!　署長に話さなかったことが、ひとつだけあったのだ。

「もう一度、よく思い出しなさい。これが最後のチャンスだ。君たちはすでに、出来事をすぐに警察に知らせなかったという重大な誤りを犯している……」

「じ、じつは署長さん」と、ドミニックが口ごもる。「ぼくは、アメリカ軍の憲兵の手錠を持ち出したんです!」

「なんだって?……」と、署長は当惑して叫ぶ。

ドミニックは昨日の午後学校から出た時、どうやって、なぜ手錠をノエルに預けたか説明した。

「学校から出た時だって?」と、署長が怒鳴った。「つまり、トラクションの男の鼻先でそんなことを?　連中が君の仲間を連れ去ったのは、そのせいかもしれんな。手錠か!　それがギャングにどんな疑念を呼び起こしたか、考えてみなさい!　彼らは、きっと……、彼らの考えは、きっと……」

ド・サンテーグル氏の書斎では、書類が広げられたデスクの前に座って、ギャングは前にも夫に電話を掛けたのかしら、掛けなかったのかしらといぶかりながら、マリレーヌがぼんやりと電話機を眺めている。

突然、疑問の解答が目の前の紙にはっきりと書かれていることに、彼女は気づいた!

といっても、白い紙に黒い文字で、ではない。

白い紙に、白い文字だ！

だから、はじめのうちは見つからなかったのだ。

彼女は電話機を引き寄せて、署長に電話した。

その頃、署長室では「さあ、退散だ、ガキども！」と、署長がいったところだった。「手錠のことは、また話してくれ。心配するな。欧州連合軍最高司令部（SHAPE）のゲイリー・キャンベル将軍の対応が見ものだが！　君たちには、またとない探偵ごっこになったな」

猛烈な大声だったが、署長は笑いをこらえるのにひどく苦労していた。

少年たちが恐れをなして退散すると、電話のベルが鳴り響いた。

「もしもし、マダム・ド・サンテーグル？　私です、マダム。なんですって？　またですか……おやおや、ちょっとお待ちを。メモを取ります」

秘書と伝令が、好奇心をそそられて署長のほうに首を伸ばしている。二人の少年がドアの近くで立ち止まり、話を聞いていることには、誰も気づかなかった。

「身代金の受け渡しが、明日月曜の十七時、ブーローニュの森に決まったんですな。滝のそばの、プラタナスの老木《ヴィユー・プラターヌ》の小道ですか？　もちろん、場所はわかります。ド・サンテーグル氏はひとりで歩いてこいと？　当然でしょう！　それで、あの《ムッシュー》たちは車で現われるんでしょうな？　了解です。配下の警官を全員動員して、現場で待機させます。なんですって？……ド・サンテーグル氏は、あなたが私に電話を掛けることを知らない？　ご主人はあなたに何も知らせず、我々にも知らせたくないですって？　気が狂ったんですか！　じつは、そんな予感はありましたがね。昨夜から、一瞬も見逃さないよう、部下にご主人をたえず見張らせたのです——もちろん、ご子息を守るために。

おわかりでしょう。でも、あなたのおかげで、警備の仕事が非常に楽になりました。あわてて対応する前に、機動部隊を待機させる時間ができましたから。でも、どうしてわかったのですか？……」

ごく簡単なことだった。マルソーの指示を書斎机のメモ帳に書き取る際に、ド・サンテーグル氏はボールペンを使った。そのあとで、メモを台紙から剝がしたのだが、いらいらしてペンに力が入ったせいで、メモの筆跡が一枚下の白紙のメモに、ボールペンの金属製の先端で強く押されて、残ってしまったというわけだ。

「ブラボー、マダム！　すばらしい！　あなたは、お子さんの命の恩人ですぞ。これで全部わかりました。ド・サンテーグル氏は、あなたが我々に情報を知らせたとは、疑いもしないでしょう。ご主人は何も疑わずに、金貨一千万フランを指定の場所に運ぶでしょう。ところが、ご主人が悪党どもの首根っこをつかんで、金貨を回収するのです。もちろん、油断は禁物です。連中は、お子さんをその場で返す気は毛頭ありません。彼らを逮捕したら、我々が直ちにご子息の居場所を白状させます。あなたがたの大切なノエル君は、無傷で無事に戻って来ますよ。なんですって？……ああ！　ご主人のことですね。ご安心ください。まったく危険はありませんから。ご主人の安全を確保するまで、警官が行動を起こすことはないのです。そうです、そうです。またしてもブラボー。ご理解に感謝します。奥様」

「ご主人、ご主人か！」と、うなって電話を切ってから、署長は別の番号に掛ける。司法警察の番号だ。「マダムは子どもが心配でたまらないと思っていたが、夫のことしか気にかけていないのか！　もしもし、司法警察？　こちらはミュエット署署長。デュムーラン主任を呼んでくれ。急用だ。もしもし、イヴォン？　そうだ、ルイだ。よろしく。ところで……」

ドミニックとババ・オ・ラムは、見つからないように、こっそりと警察署から抜け出した。

「ギャングたちが警官隊から逃げられたとしたら」と、ドミニックは急に不安になった。「ド・サンテーグルさんが警察に通報したと思うだろう。そうしたら、ノエルは殺される。どうすればいいんだ？」

「ド・サンテーグルさんに知らせたら？」と、ババ・オ・ラム。

「結果は同じだよ。署長は、金貨を手に入れても入れなくても、ギャングはどのみちノエルを殺すと思ってる。ノエルが監禁されてる場所を見つけるのが、最優先だ」と、ドミニック。

「パリ中探すのか？　こんなにたくさん家があるのに？　地下室や天井裏もあるし……下水道も地下墓地《カタコンブ》も、石切り場も……それに、郊外に連れて行かれたかも！　わかるだろう！　絶対見つからないよ」

「計画を立てようぜ。前から決めておいたとおり、学校の前に集合だ。ビー玉をもってこい」

★

リュドヴィック学園の校門の前で、アンチョビ・フェースがドミニックを待っている。ひどく緊張した様子だ。

「ノエルがギャングに誘拐されたって？」

「誰から聞いた？」と、ドミニックが用心深くたずねる。

「君を迎えに家にいったら、お母さんから聞いたんだ。君は何かを知らせるために、警察署にいったんだね。冗談かな?」

「いや、本当さ。ノエルは早く見つけてやらないと、奴らに殺されてしまうんだ。でも、黙ってろよ。当分のあいだ、誰にも知られないようにね」

情報を漏らすなと自分から約束させたのに、ドミニックは、ラヌラグ通りに見張りの罠《わな》が張られていることをひけらかさずにはいられない。そして、少し得意そうにいった。

「ぼくも、作戦に参加してるんだ!」

「君が参加してるって?」

「もちろん! ババ・オ・ラムとビー玉で遊ぶのが、正式の任務さ。でも、この件については、ひとことも話さないように。絶対に、秘密を守るんだぞ。署長命令だ」

もちろん、アンチョビ・フェースはノエルが捕まったことを誰にも話さなかったから、警告は余計だった。

歌の練習を始める前に、ヴァンサン先生はしばらくのあいだノエルを待ったが、少年ソリストの遅刻にすっかり落胆していた。

「いつも時間を守るノエルなのに!……病気じゃなければいいが」

ドミニックとアンチョビ・フェースはこっそり目くばせして、教室の時計を見た。それから通りのほうに視線を移し、私服刑事たちが何気ない顔つきで、歩道を行ったり来たりしている様子を想像した。

二人とも、ノエルのことを思うとつらくなってきた。あのお上品なチビを、みんながからかっていたのだ。そんなノエルが、仲間に好かれるために、姿を消さなくてはならなかったとは!

やがて、事件のことを知れば、仲間はみんな、二人と同じように思うだろう。そして、みんなが後悔することだろう。ノエルという、あの悲しそうなチビの幻影がみんなの心の中に住みついて、悔やんでも悔やみきれなくなるだろう……

結局、教室では「やさしいヒバリ」の歌の練習を始めなくてはならなかった。

「さて諸君」と、ヴァンサン先生。「君たちのうちで、誰にノエルの代わりができるかな？　エルンスト・ラジュー、君しかいないようだが」

エルンスト・ラジュー――つまり、アンチョビ・フェースだ。

じつは、アンチョビ・フェースは、一か月前から、ソロで目立つチャンスを与えられたのが自分ではなくてノエルだったことに、ひどく嫉妬していた。

ところがどうだろう、いまやチャンスが訪れた。ソロで歌うチャンスだ！　チャンスは、ものにしなくてはならない。はっきりいえば、奪い取るのだ。

「もしソロを引き受けたら」と、ドミニックは内心でいった。「あいつとは、もう一生口をきかないぞ！」

だが、アンチョビ・フェースは頭を横に振って、先生におずおずと答えた。「だ、だめです……ぼくはだめです……」そして、目立たないように引き下がった。まるで生徒たちの集団にのみこまれて、姿を消してしまうかのように。

「謙虚なのは良いことだ。とても良いことだよ」と、ヴァンサン先生。「ノエルの声の響きが、君よりきれいなのは本当だ。でも、学年末の表彰式の日に、ノエルが何かの事情で歌えなかったらどうするかな？……」

気の毒なヴァンサン先生！　ノエルに何が起こったのか、知るはずもなかった……

「たとえば、風邪を引いて、熱が三九度五分あったとしたら？　誰かが、私のために、ソロを歌わなくてはならんぞ。さあ、ピアノの横に来なさい。いいかな」

アンチョビ・フェースが「やさしいヒバリ」の曲にアタックする。

アルエット・ジャンティユ・アルエット
アルエット・ジュ・トゥ・プリュムレ！
ヒバリさん、やさしいヒバリさん
君の羽根をむしっちゃえ

でも、音楽に合わせて声が出ないのだ！

ヴァンサン先生が振り返る。

「どうした、ラジュー、準備不足か？」

もう一度、アタックだ。


アルエット・ジャンティユ・アルエット……


今度も、声が出ない！

アンチョビ・フェースは、なぜだかわからず、涙があふれそうな目でヴァンサン先生を見つめる。

喉をつらそうにさわっただけだが、「声が出ません」といいたかったのだ。やっとの思いで、彼はくちごもった。

「だ、だめです。せ、先生。声が、で、出ません！」

「喉がかれてしまったんだね？　もっと早くいえばよかったのに、かわいそうに」

歌の練習が終わると、ドミニックは、愛情をこめて、アンチョビ・フェースの肩を抱きしめた。

「君はいいやつさ！　ぼくたちは、ノエルにやさしくしなかったけど、結局、みんな仲間なんだ！」

★

ドミニックとババ・オ・ラムがビー玉遊びを始めてから、もう二十分は過ぎていた。二人とも、ほとんどの玉を当てそこなって、宝石店と二階の窓や歩道のほうを、ちらちら見ている。にせの目の見えない男か、黒のトラクションの男が見つかるはずなのだが、期待はいつも裏切られていた。

あと数分で、十一時だ……

ちょうどその時、不審な通行人たちが通りかかった。ひとりは、宝石店の陳列ケースをちらりと見て遠ざかる。もうひとりは、靴ひもをいつまでも結び直している。別の二人は、たがいの煙草の火をつけるのに、ひどく苦労している。彼らの動作はいかにもわざとらしくて、手持ちのマッチが全部消えてしまったのだ！

別の二人は、壁にポスターを貼っている。ベンチでは、少年たちのすぐそばで、ひとりの男が居眠りしている。

自動車が二台駐車中だ。一方の車内では、大ブルジョワの運転手らしく制服制帽の男が、あごが外れそうな大あくびの最中だ。別の車はボンネットが開き、運転していた男が、もうひとりの男と言い合いながら、エンジンルームを何やらいじりまわしている。男はボンネットを閉め、運転席に戻ってハンドルを握り、別の男が後ろから車を押し始める。運転席の男が変速ギヤのレバーを操作すると、エンジンがブルブル震えて正常な状態に戻った。

全員、私服刑事だ！

今度は女の人が数人、食料品の入った籠を持って通りすぎる。中には、刑事もいそうだ。いまにわかるぞ！

ご立派な白いあごひげの年を取った司祭が、あるポスターの前で立ち止まる。「原子爆弾と聖書の教えに照らして説明される霊的諸問題」に関する講演会のポスターで、細かい説明がたくさん書かれている。

格子縞のばかでかいハンカチの中で、永遠に続くようなくしゃみを連発しながら、文章を暗記するためのように、司祭はポスターを何度も読んでいる。

「この人もやっぱり、私服刑事だな」と、ドミニックがささやく。

「それはないよ！」と、ババ・オ・ラムが驚く。

「でも、あの白ひげがつけひげだったら、私服にまちがいないよ！　あの、にせの目の見えない男のつけひげを思い出せ！」と、ドミニック。

「わかったぞ！」と、ドミニックが続ける。

「何が？」

「ノエルを見つける名案があるんだ」

「そうだと思った、グラン・シェフ」

「スプートニク・ドゥだよ」

「何だって？」

「ほら、あのプードルだよ。学校のロッカーに、ノエルがキャスケット帽（野球帽のような丸い帽子）を忘れただろう。あの帽子を持ってきて、スプートニク・ドゥに嗅がせるんだよ。リードを着けて犬に探させれば、ノエルのいるところまで案内してくれるぞ」

ババ・オ・ラムは、ふくれっつらをした。

「サハラ砂漠で、ひと粒の砂を探すようなもんだ」

「犬の嗅覚は、ものすごく鋭いんだぞ！……帽子の臭いが消えないように、新聞紙に包んでおこう」

「そんなことをしたら、印刷所のインキの臭いが移っちゃうぞ」

「じゃあ、試験の答案に包むよ。きっとうまくいくさ。アラーは偉大なり、さ。君のところで、よくいうように」

その時、ベンチで「居眠り」していた男が、口の中でつぶやいた。「さあ、ゲーム開始だ、ガキども！　がんばれよ！」

少年たちが何をいっているのか、男の刑事にはよく聞こえなかったようだが、二人の唇の動きを見ていたのだ。

ババ・オ・ラムは腕を後ろに引いて、色ガラスの大玉を投げようとしたが、男の口が大きく開いて、彼の動作は突然中断された。

秘密のメッセージが、宝石店の上の窓に現れたのだ。

NBJOUFOBOU

ババ・オ・ラムは大玉を私服刑事の足もとに転がした。

「窓です、あなたの後ろの」と、彼はささやいた。

「見えたぞ」と、男がつぶやく。

手のひらのくぼみには、小さな丸い手鏡があった。

「あの中国語みたいな言葉の意味がわかるか?」と、刑事がたずねる。

「ええと、MAINTENANT(今だ)っていう意味です」と、ドミニックが翻訳する。

「なるほど、むずかしいな!……誰に読ませるつもりなんだろう?……とにかく、あの建物には同僚の刑事が二人張り込んでいるから、メッセージを出した人物を尾行して、あとは時間の問題……」

そこまで言いかけて、刑事はあっけにとられている。

少年たちが彼の視線をたどると、今度は、リュドヴィック学園の三階の窓に、別のメッセージのボードが現れた。

QSFU

「PRÊT」(準備完了)と、ドミニックがまた翻訳する。

「こいつは、ひどすぎる！」と、刑事はうなった。「君たちの学校には、ギャングが隠れているのか！　どの部屋の窓なんだ？　事務所か、教室か？」

「寄宿生の部屋です。たぶん、あの部屋は……」

「急いで、けりをつけよう」と、刑事がいった。

刑事はポスターを貼っていた男たちに近づき、何かささやいてベンチに戻った。男たちが急いで梯子から降りると、白ひげの司祭が通りを横切って、ポルト・ド・ラ・ミュエット（ブーローニュの森に近いロータリー）の方角を彼らにたずねる。

「ほら、いったとおりだろう。あの人も私服刑事だ！」と、ドミニックが誇らしげにいう。

ところが、大違い。この人物は刑事ではなくて本物の司祭で、本当にポルト・ド・ラ・ミュエットに行くつもりだったのだ。老人は、モーツァルト大通りのほうへ遠ざかった。

ドミニックとババ・オ・ラムは、神経を集中させて校門を見張っている。「まったく！　こんな時にこそ、手錠があったらなあ！」と思いながら、ドミニックがつぶやく。「でも、いったい誰なんだ？　あの部屋にいるのは？」

その時突然、彼は息をのんだ。

寄宿生のアルチュール・ド・ラ・フィユレが、陰謀でも企んでいるようにこっそりと、校舎の入口の石段の上に姿を現わしたのだ。高校で最初の学年を二度も落第したのでもう十九歳の、背の高い、ぼっとした感じの若者だ。

「アルチュールかな？　ありえない！……」と、ドミニック。

アルチュールは校庭を野ウサギのように不安そうに見まわした。誰もいなかったので、校門のほうにこっそりと忍び寄り、道路に抜け出すと急いで右に曲がって、体操のような跳躍で走り出した。刑事たちが追いかけると、ドミニックとババ・オ・ラムが後に続く。彼らの背後では、アンチョビ・フェースがギュスターヴ＝ゼデ通りの角から出来事を見守っている。ちょうど、女子校のリセ・モリエールの正面だ。

アルチュールはラヌラグ通りを右に曲がって、ブーランヴィリエ通りを進む。通りを少し下って三回目の「右折」で、アモー・ド・ブーランヴィリエと呼ばれる狭い私道に入った。とても静かで、落ち着いた雰囲気の場所で、目立たない豪華さが感じられる邸宅にはどの家にも小さな庭があり、南仏プロヴァンス風だ。

アルチュールは、ある邸宅の柵の前で立ち止まり、柵にもたれる。上着のポケットからごく小さなものを取り出したが、小さすぎて何だか確認できない。そして、若者は誰かを待っている。刑事たちは、いわば壁と一体になって、まるで透明人間だが、アルチュールから目を離さない。若者は、ひきつったような作り笑いを浮かべて、ひたすら待っている。

そうだ、宝石店の上の物置部屋の窓からメッセージを送った「誰か」を。

そして、「誰か」がついにやって来た――二人の刑事が尾行している。

だが、「誰か」は「彼女」だった。若い娘！　とても若い、とてもきれいな娘だ！　せいぜい十六歳くらいだろう。

宝石店主の娘だ！

アルチュールの姿を見つけると、彼女は走り出した。ポニーテールの髪の毛が可愛らしく揺れる。

「ジュヌヴィエーヴ！」と、アルチュールは優しい声で彼女を呼んだ。

アルチュールが、何かをポケットから取り出して、感きわまったようにジュヌヴィエーヴに手渡すと、彼女も感激して受け取る。薄紫のパルムスミレの小さなブーケだ！

邸宅の玄関先に身を隠した刑事たちが、いっせいに首を伸ばした。にわか雨が降って、菜園のサラダ菜の根元でカタツムリたちが「角」を伸ばすように、彼らの頭が見えてきた。

だが、フランス中の警官隊がアルチュールとジュヌヴィエーヴを包囲したとしても、二人はまったく気づかなかっただろう！

ロメオとジュリエットにとって、世界はいつの時代にも二人だけのものだ。

さて、こうして秘密のメッセージの謎はあっけなく解けてしまった。

それは、小さな恋の物語だったのだ！

「まったく、警察は時間を無駄にしすぎるよ！」と、ドミニックがババ・オ・ラムとアンチョビ・フェースにいう。「せっかくアメリカ軍の憲兵から手錠を借りてきたのに！」

署長は部下に撤収命令を出して、うなった。

「無事で、なにより！」

第八章　黒い仲間たち

ドミニックとババ・オ・ラムとアンチョビ・フェースは、少年探偵団の作戦会議を開いた。

身代金の受け渡しは、明日の十七時だ。

あと二日しかない。秘密のメッセージの意外なてんまつもあり、パリと郊外の何十万という隠れ家からノエルを探しだすには、おそろしく短い期限だ。

唯一の希望――かすかな希望、それはスプートニク・ドゥの嗅覚だった。

「ギャングがノエルを隠しているらしい場所に、ワンちゃんがぼくたちを連れて行ってくれたとして、そこにノエルがいるって、どうしてわかるんだい?」と、アンチョビ・フェースが不安そうにいう。「コンシェルジュには聞けないよね!」

「《ヒバリ》の歌だよ!」と、ドミニック。

「何だって?」と、アンチョビ・フェース。

「君が《ヒバリ》をソロで歌うんだ。ババ・オ・ラムとぼくがコーラスで続く。そうすれば、見つけてくれたとわかって、ノエルも歌ってくれるよ!」

「ギャングたちはノエルに猿ぐつわをかませてるから、助けを呼びたくても声が出せないよ。猿ぐつわがなくても、見張りがいるはずだ」

「歌えなくても、ノエルはなんとかしてくれる。窓か、地下室だったら天窓から紙に書いて僕たちに投げるとか、何かできるだろう。どっちみち、これ以上の名案はないよ。君にあれば別だけど……」

「ないよ。君のいうとおりにしよう」

その日の午後、ババ・オ・ラムは、仕事が休みだった。

三人の少年たちは、スプートニク・ドゥにノエルの帽子の臭いをかがせて、君が頼りだと言い聞かせた。犬は、すぐに事情を理解した。

さあ、出発だ！


少し先の市場《マルシェ》で、陳列台の前にひとりの生粋のセネガル人の男が立っていた。一九〇〇年代風のエレガントな白いゲートルを脚に巻き、レモンイエローのカナディアンジャケットを着て、暑い季節なのに太くて赤い毛糸のスカーフを二重に巻いて、大蛇の幅広い皮の上に、夢に出てくるような名前のスパイスや調味料を広げている様子が、ひときわ異彩を放っている。

ナンバンサイカチ（南アジア原産のマメ科の落葉樹）の実のさや、ナツメグの実、インド南部のポンディシェリのカレー粉、ハンガリーのパプリカ、コーラナッツ（アフリカ原産のコーラの木の実）、それに世界中のピーマンやサフランなどを、少年たちはうっとりと眺めていた。

黒人の男は、コーラナッツを赤ワインに漬けておき、清潔さは保証しないがグラスに少しだけ注いで、珍しがり屋の通行人たちにふるまっていた。男の言葉を信じれば、この奇跡的な霊薬は、薬局でビタミンＡＢＣＤＥＦなどを多量に使って調剤されるあらゆる強壮剤がいらなくなるほどの効能があるという。この液体を飲めば、老人は若返り、運動能力が衰えた人でも徒競走のチャンピオンになれるし、食肉処理場行きの農耕馬はサラブレッドに変身するのだ！　セネガル人は客寄せ口上だけで満足せず、効能書きを自分で実演して、コーラナッツ入りのワインを一口飲むとすぐに大股で走り出した。その次は胸筋をふくらませ、両腕の力こぶを誇示し、ひとりでプロレスの格闘を始めたかと思うと、シャドーボクシングに精を出した。最後には、暴れ馬をまねて脚で地面を蹴り、鼻息も荒く、ヒヒーンと鳴いてみせたが、実演中でも、男の笑い声が途切れることはなかった。まるで、巨大なガキだ！

忙しそうなおかみさんや、貧しそうな良い子たちで混雑する十五区コメルス通りの朝市での出来事だった。

「あいつは楽しい奴だね」と、ドミニック。「でも、スプートニク・ドゥは、なぜ、ぼくたちをここに連れて来たんだろう？」

プードルは、昼食代わりの大きなサンドイッチを腹いっぱいつめこんだ三人の少年を、まず十六区コルタンベール通りの元の飼い主ポンスさん、あのコーヒー農園オーナーの家の前まで、一度も迷わずに連れて行ったが、あの人は誘拐事件とはまったく関係がなかった。

それでも、念のため、彼らはその場で《やさしいヒバリ》を歌ってみた。ドミニックは、ちょうど声変わりしていたから、結局、ハーモニカでメロディを吹くことにした。

じっと待っていると返事が返ってきたが、それはまったく思いがけない反応だった！

ひとりの老婦人が、数枚の小銭を新聞の切れはしに包んで、窓から投げてくれたのだ！

ドミニックは、プードルのほうにかがみこんだ。

「まちがえたな、スプートニク・ドゥ。でも、がっかりするな。誰にも失敗はあるよ。ぼくたちが探しているのはポンスさんじゃなくて、ノエルなんだ。ほら！　もう一度、帽子の臭いを嗅いでごらん。

さあ、嗅いで……」

　すると、犬は急にリードを引っ張った。

「今度はわかったらしいぞ」

　こうして、少年たちはコメルス通りの、セネガル人の露店のまえに到着したのだった。

　セネガル人がギャングの仲間だとは、ほとんど思えなかったが、ドミニックは場所をメモしてから、帽子の臭いをもう一度嗅がせた。

　すると、犬は三人をブロメ通りのカフェ兼煙草屋《カフェ・タバ》へと導いた。

　ここにも黒人たちが！

　数人の若い黒人の男女が、談笑しながら店から出てきたところだった。

「こいつは奇妙だな？」

「《ヒバリ》を歌おうか？」

「時間がないよ、スプートニク・ドゥが出発したがってる。この子のインスピレーションを邪魔する場合じゃなさそうだ」

　たしかに、プードルはリードを強く引っ張って、少年たちを振り切りそうだ。

　ドミニックはこの建物の番地をメモ帳に書きつけたが、そこに有名な「バル・ネーグル（「黒人のダンスホール」の意で、パリの穴場的社交場）」があることには、まったく気づかなかった。

　つぎにプードルが立ちどまったのは、サックス大通りからザクセン・ヴィラと大げさに命名された石畳の袋小路に入ったところだった。

　鉄の柵で囲まれた庭の真ん中にある低い建物の前で、スプートニク・ドゥは、もうここから先には行かないと、はっきり主張した。まるで捜索の目標にたどりついたかのように、後脚で立って吠え始める。

「しっ、静かに！」

プードルが静かになった。

「やった、あとひと息だぞ」と、ドミニックが身ぶるいしてささやく。

「歌おうか？」

「もちろんさ！《ヒバリ》をやれよ、アンチョビ・フェース」

アンチョビ・フェースが、ソロで歌い始める。

アルエット・ジャンティユ・アルエット
アルエット・ジュ・トゥ・プリュムレ！
ジュ・トゥ・プリュムレ・ラ・テット……
ヒバリさん、やさしいヒバリさん
君の羽根をむしっちゃえ
君の頭もむしっちゃえ……

ババ・オ・ラムも続けて歌い、ドミニックがハーモニカで伴奏する。

ジュ・トゥ・プリュムレ・ラ・テット

エ・ラ・ベック
ジュ・トゥ・プリュムレ・レ・ジュー
エ・ラ・テット
エ・ル・ベック
君の頭もむしっちゃえ
それからくちばしもね
君の目もむしっちゃえ……
それから頭もね
それからくちばしもね

突然、三人はびっくりして歌うのをやめた。

エ・ラ・キュー
エ・ラ・キュー
エ・レ・パット
エ・レ・パット
アルエット・ジャンティユ・アルエット……
それから尾羽もね
それから尾羽もね

それから脚もね
それから脚もね
ヒバリさん、やさしいヒバリさん……

建物の中から、数人の少女の陽気な歌声が、少年たちへの返事のように聞こえてきたのだ。気がつくと、いくつもの窓から、十二人ほどの黒人の少女たちの姿が見えた。

「レッツゴー、最高！　アンコールお願い！」と、ドミニック。

彼女たちは三人にほほ笑みかける。ビロードのような長い目、奇跡のように真っ白い歯。大きくて形のよい唇がまぶしい。あざやかな原色の腰巻とヘアバンドを付けて、とてもすてきだった。メデューサに見つめられたように少年たちが固まって、歌声が止まると、今度は彼女たちが、リズムに合わせて頭を優雅に振りながら、歌い出す。

エ・レ・パット
エ・レ・パット
エ・ル・ベック
エ・ル・ベック
エ・ラ・テット
エ・ラ・テット
アルエット・ジャンティユ・アルエット

アルエット・ジュ・トゥ・プリュムレ！
それから脚もね
それから脚もね
それからくちばしもね
それからくちばしもね
それから頭もね
それから頭もね
ヒバリさん、やさしいヒバリさん
ヒバリさん、君の羽根をむしっちゃえ！

その時、ドミニックだけは、鉄の柵の門に銅板のプレートがあることに気づいた。そこにはこんな大文字が刻まれていて、秘密のメッセージを連想させる。

ＦＪＦＵＦ

だが、その下には「訳語」が付いていたから、暗号ではなかった。そこは女子寮だったのだ！

Foyer des Jeunes Filles de l'Union Française「フランス連合女子寮（フランス連合はフランス本土と植民地を統合する第二次大戦直後の政体）」

「そろそろ帰ったほうがよさそうだ」と、ドミニックがささやく。「捜索は失敗らしいぞ」

その場から離れようとした時、「仕方ないね」と、アンチョビ・フェースがいう。「マルシェやカフエ、それにここでも、出会ったのは黒人ばかりだ。何かあるんじゃないかな。でも、何だろう？」
「明日の朝早くから、捜索再開だ！」と、ドミニック。

「明日は日曜だよ。ぼくは洗い場に釘づけさ」と、ババ・オ・ラムが残念そうにいう。

「それじゃあ、二人だけだな、アンチョビ・フェースとぼくと」

★

よろい戸を閉めた館では、トニーとノエルが二人だけで、二日目の夕食の最中だった。日中は理想的に静かで、落ち着いていた。ヴァンサンも、マルソーも、姿を見せず、これといった出来事もなかった。トニーはノエルに、トランプのマジックを教えてやり、ノエルはトニーに、ラテン語の単語をいくつか教えた。今は食事の最後に、芯まで熟成したカマンベールチーズを食べながら、二人で「絶頂《コンプル》ゲーム（最高または最悪の実例をかけ言葉で暗示するゲーム）」を楽しんでいる。子どもっぽいが、面白い言葉遊びだ。

「けちな人物の絶頂は？　わかるかな？」

「さあね」

「眼鏡を掛けてても、レンズを通して見ないで、フレームの上から見る人！」

「悪くない！　じゃあ、忍耐の絶頂も、負けずに悪くないぞ。ボクシングのグローブで蚤《のみ》を取る人！」

「それは知ってたよ。でも、他のもあるんだ。シャワーを浴びた象を紙タオルでふく人さ！」

二人は、子ども同士のように笑い転げた。

大男と一緒だと、ノエルは囚われの身だという感じが少しずつ薄れてきた。トニーは少年を優しい目で見ている。

「おまえが、おれと同じで孤児院育ちだとはな……それなのに、おまえの誘拐に協力しちまったとは！　まったく！　だが、いやいや、やらされたんだ、わかるだろう……」

二人のあいだで、こんな打ち明け話ができるようになってしまうと、トニーは、ギャングたちがなぜ、どうして、自分が共犯者になることを強制したのか、その秘密をノエルに話しておきたくなってきた。

「おれにとって、そいつは生きるか死ぬかの問題だったんだ」と、トニー。

それは、およそ次のような告白だった。

ある晩、ごく最近のことだが、評判の悪いバーで、ポーカー賭博をしていた不良たちのあいだで突然乱闘騒ぎが始まり、激しく殴られた男が、テーブルの鉄の脚にこめかみをぶつけて倒れ、二度と起き上がれなくなった。

「おれの二人の《仲間》が——といっても、まだ《仲間》じゃなかったが——騒ぎの現場に、おれを助っ人に呼んだ。そのあと、おれは《ビジネス》で協力を頼まれた。《仲間》が三人必要な《ビジネス》だ。つまり、大金持ちの息子のおまえを誘拐するってことだよ！　おれは断った。信じてくれとはいわないが、本当のことさ」

「信じるよ、トニー」と、ノエル。

「バーで不良を殴ったのはおれじゃないし、おれの《仲間》でもない。このことも、信じてくれとはいわないが、本当のことだ」

「信じるよ、トニー」

ところで、倒れて起き上がれなくなった男は、暴力団の恐ろしい親分の弟だった。ボワトゥーと呼ばれる、あの親分だ。翌日、ボワトゥーに匿名の電話がかかって来た。たぶん、ボワトゥーの弟を本当に殴った男だ！　そいつは真相を隠して、あの晩バーに呼ばれたトニーに罪を負わせた。そこで、ボワトゥーは、弟の恨みを晴らすために、手下の男たちに、トニーを探しだして、ぶっ殺せと命じたのだった。

マルソーとボワトゥーは昔からの知り合いで、裏社会ではたがいに実力を認めあい、尊敬しあってさえいた。だから、マルソーが、トニーは今回の騒ぎに無関係だとボワトゥーに保証すれば、ボワトゥーは彼を信じていただろう。

しかし、マルソーは、バーの事件を、トニーをゆする手段に利用しようとした。「ガキの誘拐を手伝ってくれたら、ボワトゥーに本当のことをいってやろう。そうすれば、なにもかも丸くおさまる。もし断ったら、ボワトゥーの弟をぶちのめしたのは、たしかにおまえだと奴にいうぞ！　そうなれば、早めに遺書を書いたほうがよさそうだ……」

自分の命を救うために、トニーは誘拐の共犯になることを受け入れるしかなかった。

「信じるよ、トニー」と、またノエルがいった。

大男は赤ワインの最後の一杯を飲みほして、つらい思いを追い払おうとした。

「さあ、もう寝る時間だ。子どもの夜ふかしは、体に悪いぞ！」

★

次の日の夕方、ドミニックとアンチョビ・フェースは、成果がなかった捜索から、ひどくがっかりして戻ってきた。スプートニク・ドゥは、二人をマルゼルブ大通りの合同海運ビルの前に連れて行き、それから、オーベル通りの大西洋横断総合会社《フレンチ・ライン》、マドレーヌ大通りのフランス郵船会社《メッサージュリー・マリティム》、ラ・ファイエット通りのパケ・カンパニー（フランス・カナダ合弁の海運総合商社）、そして最後はヴィクトワール通りのフレシネ・カンパニー（地中海中心の海運会社）へと歩きまわった。まさに、パリ中の有名な海運会社見学ツアーだ！

日曜日だったから会社のオフィスは全部閉まっていたので、《ヒバリ》を歌うことなど、問題外だ。

「いったい、どうしたんだろう？　スプートニク・ドゥが海運会社にぼくらを連れて行ったのには、あの犬なりの理由があるはずだ」

「昨日は黒人たちで、今日は船か……船はどこへ行く……そう、絶対アフリカだよ」

たしかに、そのとおりだ！

「ギャングたちに黒人の共犯者がいて、そいつらがノエルをアフリカ行きの船に乗せたんだ」

「何のために？」

「そうだな、海に放り込むためさ！　そうすれば、警察に見つかりっこない……」

へとへとに疲れたのは何でもなかったが、挫折感がドミニックを打ちのめした。ノエルの捜索を続けて、絶望から希望を見つけだすためには、明日の午前中と午後の数時間しか残されていない。

「じゃあ、また明日、アンチョビ・フェース」と、ドミニック。

「でも、明日は月曜だから、授業があるよ！」と、アンチョビ・フェースがいう。

「授業なんか、放っておけ！」

「でも、ぼくはだめなんだ。うちの親たちが……」

「わかった。それじゃあババ・オ・ラムと一緒に探すよ。月曜はレストランが休みだから、羊の焼肉《メシュイ》や羊の串焼《シシケバブ》きも休業さ」

★

翌日の月曜、午前九時。

「さて、このプードルは、今日はどこに連れていってくれるのかな？」

スプートニク・ドゥは、ドミニックとババ・オ・ラムを連れて、凱旋門西側のヌイイ地区を横切った。それからグランド＝ジャット島まで、セーヌ河沿いを下った。巨大な客船が錨《いかり》を降ろしたような細長い島だ（スーラの絵画で有名）。

ミシュレ河岸、クリシー河岸……西に進むほど、スプートニク・ドゥは、スコットランド模様のリードをいっそう強くひっぱる。

「アンギャン（パリ北方の町）まで、ぼくらを連れて行くつもりじゃないよね？」と、ババ・オ・ラム。

「帰りはタクシーに乗ればいいよ。それくらい払えるから」と、ドミニック。

ようやく、クリシー橋（ゴッホの絵画で有名）に着いた。

スプートニク・ドゥが渡ろうとする。

「いったとおりだ！　アンギャンまで連れていかれるぞ」

だが、プードルの目的地はすぐ近くで、もう到着していた。

橋の下だ。

そこはラヴァジュール島で、さまざまな種類の動物たちのための「シアン墓地」だったのだ！（シアンは「犬」）

「この子は完全に狂ってるよ、スプートニク・ドゥは。グラン・シェフ」と、ババ・オ・ラムがため息をつく。

一時間半、急ぎ足で歩き続けて、やっとたどり着いたこの墓地には、小さな墓標が立ち並ぶ小道が何本もあり、それぞれの墓は愛着をこめて飾られて手入れが行き届き、墓石の下には、プードル、ポメラニアン、バセット、ブルドッグ、フォックステリアたちが安らかに眠っている！　墓参者は、円形《メダイヨン》の小さなフレームに入れて、手厚く保存された愛犬たちの写真を見ることができる。カナリヤやオウムなど、ペットの鳥たちのなきがらを収めた墓もある。土の中を探せば、きっと、金魚が永久《とわ》の眠りについているだろう！

「もうだめだ！　ノエルは助けられそうにないな！」と、日頃涙を流したことのないドミニックの頬を、二粒の大きな涙が転がり落ちた。近くでは、年寄りの女の人が数人、小さなシャベルや鎌やジョウロを持ってきて、そのあたりの野菜になる草を引き抜いたり、鉢の中のしおれた花を取り換えたりしている。

墓地の下の方を、セーヌ河がゆっくり流れている。とてもおだやかな天気だ。

ドミニックは、乱暴にリードを引いた。

「さあ、帰るぞ！」

だが、プードルは後脚をふんばって、全力で別の方角に行こうとする。

犬の気持ちをたしかめるために、ドミニックはリードを放して、スプートニク・ドゥのあとから、墓地中の小道を走り回った。

「きっと、こいつの先祖が、この墓地のどこかに埋められてるんだろう」と、ババ・オ・ラムが推理して、思わず笑ってしまう。
通りすがりに、二人はいくつもの感動的な墓碑銘を見かけた。気取らない、素朴な言葉が、大文字で刻まれている。

眠れ、可愛い娘、かけがえのない手本のような子よ
我らは淋しくなった家で涙する。
来世でおまえと再会できますように！

「可愛い娘」は、メスのシャム猫だった！

我が善良な犬たち、ロムルスとレムスよ（ローマ建国の英雄で狼に育てられた兄弟の名前）、
まるで人間のような動物たちよ
汝らが死んでしまうはずはない！

あるいは、また。

ローラへ、優しさと愛らしさの忠実な友へ
私の大切な妹の想い出に

英語や日本語やチェコ語やロシア語の墓碑銘もあったし、韻を踏んだ詩もあった。

この地の下、ここにやすらぐは
我が猫キティとポンポン
あわれかな、大切でちいさなものたちは
この石に彼らの名を刻まん

けれども、あらゆる墓のうちで、いちばん途方もなくて、いちばん思いがけないのは、まちがいなく、スプートニク・ドゥが立ちどまった墓だった。
その墓碑銘は人間嫌い《ミザントロープ》の傑作だったが、むしろ、ただの変人の傑作というべきだろう！なにしろ、まわりの墓石の甘ったるい文句とは異次元だったのだ。

アルカンシエル、七色の虹、私のカメレオンへ。
そしてティキティイキ、私のマングースへ。
君たちは私の「動物《アニマル》」ではなかったし、
私は君たちの「主人《マスター》」ではなかった。
君たちは私の良き伴侶であり、
私は君たちの年老いた友人だった。
願わくば、三人いや三匹で再会が叶うことを、動物《ビースト》たちの楽園で――人間たちから遠く離れて。

「カメレオンにマングースだって！　どっちも、どこかで聞いたような……」と、ドミニック。

スプートニク・ドゥが、なつかしそうに、クンクン鳴いている。

「こっちだ、ついてこい、ばかだなあ！」と、ドミニックが興奮して叫んだ。

プードルに蹴りを入れようとしたが、ババ・オ・ラムがタイミングよく彼を止める。

「わかったぞ！」

「何が？」

「前の話の続きなんだ！」

「前の話って？」

「カメレオンにマングースだろう。何か思いつかないかな？」

「全然！」

「ちょっとくらい頭を使え！　どこにいる動物かな？」

「熱帯地方だよね、南米とか？　ああそうか！　わかったぞ、アフリカだ！」

こうして、彼らはまた、クリシー河岸からミシュレ河岸、ジェネラル・ルクレール大通りと、行きと同じコースを成果のないまま逆向きに歩き、ヌイイ大通りにたどりついた。

そこで、突然スプートニク・ドゥが新しい道を選んで、ヌイイ橋の方の脇道を通った。

二人と一匹は、ピュトー（セーヌ河西側でブーローニュの森の対岸地区）からジェネラル・ド・ゴール大通りをとおり、縁日のお祭り用の小屋のあいだに入り込んだ。この時間には、小屋は全部閉まって、眠り込んでいる。客寄せ口上や、いつもの歌や、笑い声や叫び声も聞こえず、色あせた黄色のバラックや、かびを連想させる汚れたモスグリーンのシートからは、さびしさが立ち昇る。

プードルは狭い街路がからみあう迷宮を突進し、彼らは、まったく人気のない通りに出た。

フレール・パテルヌ通りだ。

この通りこそ、ノエルが監禁されている場所だったのだ！


スプートニク・ドゥは、よろい戸が閉まった館めざして、まっしぐらに突進した。

ちょうど同じ頃、反対側から来たひとりの老人が、鉄柵の門の前にじっと立って、館の正面《ファサード》をしげしげと観察していた。

館のサロンでは、トニーとノエルが覆いの布を取ったラジオの前に、ならんで座っていた。ラジオは音を弱めてある。

共犯の仲間から連絡のない状態が長引いたので、逮捕されたのかもしれないと思ったトニーは身を隠すためのいちばん初歩的な用心を無視して、民間放送のニュースにダイヤルを合わせた。

頭を寄せ合って、大人と子どもが耳を傾ける。

突然、玄関の呼び鈴が鳴って、二人は跳び上がった。

トニーは急いでラジオを切り、椅子の上に乗って、よろい戸のすきまから外をのぞいた。

「じいさんがひとり」と、つぶやく。

老人が、また呼び鈴を鳴らす。

「何してるんだろう?」と、ノエル。

「ポケットから手帳を取り出して、何か書いてる。昼もそうだったが、また、植民地の人間にちがいない。水と森林保全局長の友だちさ」

しばらく沈黙が続いて、ノエル。

「ちがうよ。郵便箱に何も入れずに、行ってしまう。何が目的だったんだろう?」

だが、通りでは、老人がドミニックとババ・オ・ラムとすれちがったところだ。

「失礼、お子さん方。この館が貸家かどうか、ご存知かな? たしか、家主は植民地の人で、二年間で半年しかここに住んでおらんようだ。それなら、たぶん、借りられるかもしれんと思ったところじゃ……まあ、また貸しでも契約さえできれば。四年前からアパルトマンを探しておるんじゃが、なかなか見つからなくて……」と、老人は嘆いた。

「わかりません、ムッシュー。ぼくたち、この辺じゃないんで」と、ドミニック。

「おや、それは残念! とにかく、ありがとう」

老人は、疲れた足取りで遠ざかった。

館の前で、スプートニク・ドゥが立ちどまり、うれしそうに尾を振った。二人に、こういいたいのだ——「ここだよ! やっと着いたぞ、ワン!」 プードルの短いひげは、まるでシャーロック・ホームズそっくりだった。足りないのは、コロニアル風キャスケット帽と、パイプだけだ!

「《ヒバリ》を歌ってみようか?」と、ババ・オ・ラムが提案する。

「無駄だよ。誰も住んでないって、さっきの人がいってただろう。よろい戸も閉まってるから、わかるよ」

「まあね。でも、さっきのおじいさんは、この家が植民地の人の持ち物だともいっただろう。またアフリカの話だ……不思議だな!」

「うーん、アフリカか。でも、関係なさそうだ、アフリカは。さあ、先を急ごう。時間がないぞ」

ちょうどその時、館の中から男の子の歌声が聞こえてきた。水晶のように透きとおった声だが、とても か細くて、弱々しい、ほとんどささやくような声だ。

アルエット・ジャンティユ・アルエット
アルエット・ジュ・トゥ・プリュムレ……

「ノエルだ!」と、ドミニックがつぶやいた。心臓がドキドキしすぎて立っていられず、思わず鉄柵にもたれかかる。

「たしかにノエルだ! ぼくたちを見て、君と同じことを思いついて、歌で知らせてくれたんだ。見張りがいるから、ごく小さな声しか出せない」

「君も小さな声で歌って、ノエルに返事をしよう。それから警察署にかけ込むぞ!」

館の中からは、少年の声が歌い続ける。

ジュ・トゥ・プリュムレ・ラ・テット
ジュ・トゥ・プリュムレ・ラ・テット
アルエット・ジャンティユ・アルエット

ところが、ババ・オ・ラムが歌って答えようとした、ちょうどその時、おとなの男の声が聞こえて、歌がぴたりと止まった。音節ごとに注意深く区切ったその声は、びっくり仰天するような告白をしたのだ。

「いけませーん、奥様、どれほど料理がお上手でも、いけませーん、ご主人様、どれほど洗練されたグルメでも、やさしいヒバリの頭も、目も、くちばしも、尾羽も、脚も、ご自分でむしってはいけません！　皆さまがそのようなご苦労をなさるには及びません。調理はディヴォンヌ＝ラウレットがお引き受けします。そうです、奥様、ご主人様、あなた方の代わりにディヴォンヌ＝ラウレットが、やさしいヒバリをローストしてさしあげます。かれこれ三百年前の一六七四年以来脈々と守り抜いた秘伝のオリジナル・レシピの成果です！　ディヴォンヌ＝ラウレットは、毎日皆さまのために、やさしいヒバリを、洗練された風味とアロマで知られ、世界中で賞味されている滋養豊かで比類のないパテに変身させることを喜びとしております。ご注目ください。ヒバリ・パテならディヴォンヌ＝ラウレット！　品質保証、無敵のパテ！　地上にヒバリが出現して以来、最高のヒバリ・パテ！　ディヴォンヌ＝ラウレット！　魔法のブランド……ディヴォンヌ＝ラウレット。ヒバリの友の友！　おなじみの食品店でぜひお求めください！（フランスではヒバリは食材）」

（ここから男の子の声に変わり、楽しそうに歌う）
アルエット《ALOUETTE》・ジャンティユ・アルエット
アルエット・ジュ・トゥ・マンジュレ！
ジュ・トゥ・マンジュレ・ラ・テット……
ヒバリさん、やさしいヒバリさん
これから君を食べちゃうぞ！

君の頭を食べちゃうぞ……
（ここから天使の声のようなコーラスが入る）
エ・ル・ベック
　エ・ル・ベック
エ・レ・ジュー
　エ・レ・ジュー
エ・レ・パット
　エ・レ・パット
エ・ラ・キュー
　エ・ラ・キュー
（今度は男の子だけで）
ラウレット《RAOULETTE》・ジャンティユ・ラウレット
ラウレット・チュ・ラ・プリュムラ
アルエット・ジャンティユ・アルエット
アルエット・オン・トゥ・マンジュラ……
ラウレット、やさしいラウレット
ヒバリの羽根をむしってね
ヒバリさん、やさしいヒバリさん
ヒバリさん、みんなで君をたべちゃうぞ……

（最後に天使の歌声で一緒にフォルティシモで力強く歌う）
ヒバリさん、みんなで君を食べちゃうぞ、
ディ・ヴォン・ヌ・ラ・ウ・レットのおかげでね！

「なーんだ！」と、ドミニック。「ラジオじゃないか！　ヒバリ・パテの宣伝だよ！」

二人が館から遠ざかると、今度はラジオのニュースが聞こえてきた。「金属労働者のストライキ、月をめざすロケットの発射失敗、中東情勢の緊張、物価上昇に政府の手きびしい対策、国連総会閉会などなど」だが、ニュースは「創意工夫」を競い合う宣伝で、何度も中断されてしまった！

ノエルの誘拐や犯人逮捕については、何の報道もない。

トニーは安心して、ラジオを切った。


ジェネラル・ド・ゴール大通りにもどると、ドミニックが苦々しい表情で笑う。

「そうだったのか！　もっと早くわかればよかった！」

「わかるって、何が？」と、ババ・オ・ラム。

「スプートニク・ドゥが、なぜ、ぼくたちをこれほど遠くまで連れまわしたのか、だよ！　プードルは、ノエルを探してたんじゃなかった！　はじめっから、元のご主人を見つけようとしてたんだ！

アフリカのコーヒー農園のポンスさんだよ」と、ドミニック。

「なんだって？」

「単純なことさ！　あの犬は、いつもご主人に連れて行かれた場所に、ぼくたちを連れてったんだ。

つまり、植民地の人たちになじみの場所だよ。海運会社に、植民地の人たちや、黒人たちが集まってくる街角だろ。ポンスさんは、まちがいなく、館の持ち主の水と森林保全局長と知り合いだから、スプートニク・ドゥといっしょに来たことがあるはずだ。話は、これでおしまいさ。ぼくたちを連れてきたのが、スプートニク・ドゥの嗅覚のせいかどうか、わからないけど、あの犬の記憶力は抜群だ」

「じゃあ、動物墓地に行ったのはなぜ？　カメレオンやマングースは？」

「ポンスさんが飼っていたのさ。スプートニク・ドゥを連れて、よくお墓参りに来てたんだ。単純な話だよ！」

たしかに、そこまでは単純な話だったが、ギャングたちがノエルを監禁するために、この館を選んだという事実には、運命の悪意、あるいは偶然のいたずらの痕跡が残されていた。というのも、この館には、ポンスさん自身も、スプートニク・ドゥを連れて、友人の局長に会いに来ていたからだ！

さらに、もっと深刻な偶然の一致だが、ラジオのあの《ヒバリ・パテ》の宣伝は、ババ・オ・ラムがちょうど《やさしいヒバリ》を歌おうとした時に聞こえてきたから、彼は歌うのをやめてしまった。もし歌っていれば、館にいたノエルは必ず気づいたはずだったのに。

それ以上に間が抜けていたのは、ラジオの宣伝にたじろいで、ババ・オ・ラムも、グラン・シェフのドミニックも、よろい戸が閉まった無人の館からラジオが聞こえてきたのは、館に誰かがいるからだとは、夢にも思わなかったことだ！　誰かが隠れているとは！

館のサロンでは、ノエルが、今では友だちになったトニーのために、学校の表彰式でソロを歌うはずのあの歌を口ずさんでいた。

アルエット・ジャンティユ・アルエット……

トニーはいったんサロンを出ると、すぐにタムタムを持って戻ってきた。歌にリズムをつけるのだ。

エ・ラ・テット
エ・ラ・テット
エ・ル・ベック
エ・ル・ベック

それから、タムタムでリズムを取りながら、彼自身がくちずさみ始めた、小さな、小さな声で。

ジュ・トゥ・プリュムレ・レ・パット
ジュ・トゥ・プリュムレ・レ・パット
エ・ラ・キュー
エ・ラ・キュー
アルエット・ジャンティユ・アルエット

やさしい大男は独特の低音で、ノエルが歌ったヒバリの童謡を応援していた。

第九章　グラン・シェフとババ・オ・ラムの大手柄

「計画があるぞ！」と、ドミニック。いつも、なにかの計画がある少年なのだ。「ぼくのパパのキャデラックを使おう！」

エドモン・デュラック氏の「キャデラック」とは、じつはもっと控え目なシトロエン2CVフルゴネット（ライトバン）のことで、毎朝「レ・アル行き」つまり、パリ市内の中央市場《レ・アル》に行って、牛や羊や鳥の肉や、野菜や、彼のレストランに不可欠なスムールを仕入れたり、あるいは、近所で、料理の出前をしたりするのにいつも使われている車だ。

レストランから五十メートルほど離れたところに駐車してあり、車体の両側にはこんな宣伝パネルが掛っていた。

RESTAURANT DULAC（レストラン・デュラック）
SPECIALIÉS NORD-AFRICAINES（北アフリカ料理専門店）
SON COUSCOUS-SON MECHOUI（名物料理クスクス・メショイ）
SON CHECHEKEBABA（シシケバブ）

ライトバンを無断で借りるという「計画」に、ババ・オ・ラムはおじけづいて、あとずさりした。

「車で、ブーローニュの森に行くんだ。ノエルのパパのド・サンテーグルさんが身代金を持ってくるはずの小道の近くだよ。刑事たちが、もうギャングを逮捕してたら、ぼくたちはじっとしてよう。でも、警察が奴らを取り逃がしたら、ぼくらが追いかけるんだ。そうすれば、ノエルの監禁場所がわかるぞ。さあ、君がエース・ドライバーだって証明するチャンスだ！」

ババ・オ・ラムがドミニックより優れているのは、自動車が運転できることくらいだったが、今こそ必要な能力だった。

「ありえないよ！」と、ババ・オ・ラム。「そんなことをしたら、君のパパに店を追い出されちゃう！　免許は持ってないし、まだ免許を取れる年じゃないから！」

「でも、運転はできる、それが大事なんだ。ノエルを救い出す唯一のチャンスだぞ。あいつが殺されちゃうのは、許せないだろう？」

「もちろんだよ！」

「現場に、ギャングたちより先に着いてる必要がある。さあ出発だ！」

その日はレストランの休業日だったが、デュラック夫妻は暇をもてあまして、申しわけなさそうに、店先でうろうろしている。二人の方をちらりと見て、ドミニックはフルゴネットに飛び乗った。

ババ・オ・ラムは、まだためらっている。

「臆病者だなんて、ぼくに思われたくないよな、副官！」

「もちろん、グラン・シェフ！」

北アフリカの少年は、混乱してはいたが、とにかくハンドルを握った。冷や汗で、額が光っている。

フルゴネットは、すぐに動かない。ババ・オ・ラムが、あせってエンジンをかける。

「エンジンをかけるのに、何をぐずぐずしてるんだ？　パパが店先から、ぼくらを見つけたらどうする？」

「ハンドブレーキ、はずし忘れた」

自動車が急発進して左側の歩道に乗り上げ、もう少しで燃料店の手押し車をひっかけそうだったが、歩道を横切って、なんとか車道の右車線に戻った（フランスの車両は右側通行）。

ようやく、フルゴネットの出発だ。

とても快調に走ったので、ババ・オ・ラムは、ポルト・ド・ラ・ミュエットの近くで興奮しすぎて、赤信号を無視してしまった。警官が笛を吹く。息を切らせ、のどはひりひりだ。北アフリカの少年はアクセルをゆるめて、ブレーキペダルを踏む。留置所行きが、もう目に見えている。

「狂ったのか？　アクセルを踏むんだ！」

「でも、警官が、車のナンバーをメモするよ」

「ノエルの命を救うためなんだ。さあ、急ごう！」

ババ・オ・ラムは、アクセルを踏み込んだ。

ブーローニュの森に到着だ。

湖水、アカシアの小道、誰もいない。

そろそろ滝だ。

「プラタナスの老木《ヴィユー・プラターヌ》の小道だ。ストップ、ババ・オ・ラム！」と、ドミニック。

フルゴネットは歩道沿いに、みごとに停車した。

「ここからだと」と、ドミニック。「これから始まる出来事が、かなり近くから見えるし……ギャングに気づかれるほどの距離じゃない、刑事たちにも。運転席に誰も見えなければ、だいじょうぶだよ」

「降りようか?」

「いや、車の中に隠れよう」

二人は車内後部の荷室で、料理用器具の山に埋もれて身を寄せ合う。クスクス鍋、キャセロール、お玉などなどだ……ドミニックが車のフロントガラスにカバーを掛けたので、二人の姿が隠れた。こっそりカバーをもちあげると、すぐに前方が見えるし、後方は、バックドアのすき間から見える。

近くには、ひとりの警官も見あたらない。

「いま何時、グラン・シェフ?」

「四時十分前だよ」

ド・サンテーグル氏は、五時前には来ないだろう。

はらはらする、果てしない待機が始まった。


「いま何時、グラン・シェフ?」

「あと五分で五時だ。変だな、刑事がまだ一人も見えないぞ」

二人の車の三十メートルほど前に、一台のタクシーが止まる。

ド・サンテーグル氏だ。ひとりで降りて、運転手に支払いを済ませると、タクシーはUターンして、ポルト・マイヨ方面に走り去る。

ド・サンテーグル氏は、あたりを見まわしている。フルゴネットも視野に入ったはずだが、目を止めずに、プラタナス《ヴィユー・プラターヌ》の老木の小道の方に歩き出す。片方の手に、スーツケースを重そうにぶらさげている。

「あの中に、金貨で一千万入ってるのか！」と、ババ・オ・ラムがうっとりする。

小道では、年取った女の人が、ローラースケートを履いた少女の手を引いている。二人の女性はすぐに遠ざかる。

ド・サンテーグル氏も、待機を開始した。

車内の二人の少年には、木々のあいだから彼の姿がよく見えた。歩道の縁にスーツケースを置いて立ったまま、ド・サンテーグル氏は十秒ごとにアカシアの小道の方を見ている。

「ほら！　見ろよ、ビュイック（アメリカ製高級セダン）が来るぞ、すごく低速で」と、突然ババ・オ・ラムがいう。二人乗ってる。ギャングにまちがいないよ！」

「そんなはずないよ。奴らの車はトラクションだ」

けれども、まちがいなく、彼らはマルソーとヴァンサンだった。ヴァンサンが運転している。

ヴァンサンは、にやっと笑った。

「何がおかしい？」と、マルソー。

「ビュイックのオーナーの顔が見たいぜ。自分の車が消えた時のな！」

定刻より十五分遅れて、戦艦みたいに堂々としたパワフルなアメ車が、フルゴネットのすぐそばを通る。

「最初の小道を右折だ」と、マルソーが命じる。

ひと気のない小道には、ド・サンテーグル氏が身動きもせずに立っている。

「おれたちのお客さまらしいな?」と、ヴァンサン。

「そうだ、徐行しろ」

マルソーが、周囲の茂みを注意深く観察する。膝の上に置かれたマシンガンを、片方の手で握りしめている。グローブボックスには22LRロングライフル弾をつめた拳銃が二丁、自分用とヴァンサン用だ。

「他には誰もいない。万事順調だ。奴に合図しよう」

「あいつら、何してるのかな?」と、ババ・オ・ラムがたずねる。

「車のドアから、新聞を見せてる」と、すき間に片目を押しつけて、ドミニックがいう。「ムッシューが森の方を向いたぞ」

「ブラボー、パパ・サンテーグル!」と、ヴァンサン。「命令を守ったな!」

「もっと徐行しろ」と、マルソー。

ビュイックは、ド・サンテーグル氏から十メートルたらずのところまで近づいた。

「まだ、刑事たちがいない! どうしたんだろう?」とドミニックがつぶやく。「ハンドルを握って、エンジンをかけろ、ババ・オ・ラム」

「歩道すれすれに進め」と、マルソーがヴァンサンに指示する。

マルソーは車のドアを半開きにして、ド・サンテーグル氏に命じた。

「絶対に、振り向くなよ!」

フルゴネットのエンジンをアイドリングさせて、ドミニックは、あいかわらず、荷室のすき間から外をのぞいている。

「息子のノエルを、いつ返してくれるんだ?」と、ド・サンテーグル氏は、のどをしめつけられたような声でたずねた。

「あんたが身代金をごまかしていなければ、二時間後には家に帰してやるよ」と、スーツケースをひったくりながら、マルソーは嘘をついて、車のドアをばたんと閉めた。

「やったぞ。ギャングがスーツケースを奪った」と、ドミニック。「これから猛スピードで逃げ出すから、こっちもエンジン全開だ、ババ・オ・ラム」

「でも、フルゴネットじゃあ、ビュイックには歯が立たないよ!」と嘆きながら、北アフリカの少年は2CVのギヤをトップに上げた。

「文句言うなよ」と、ドミニックが訴えるような声でいう。数秒前から、二人は同じ不安を予感していた。「ノエルは、もうおしまいだ……」

だが、その時、数発の銃声が響き渡った。

「サンテーグルがおれたちに発砲するとは!」と、ヴァンサンがかん高い声で叫ぶ。

撃ったのはド・サンテーグル氏ではなかった。彼はすっかりおびえて、小道の奥の茂みの方を見ている。

「警察だ!」と、ドミニックが叫ぶ。「ものすごい人数だぞ!」

ブーローニュの森の、ほとんどいたるところから、刑事や警官が、降ってわいたように姿を現わして一斉射撃を浴びせ、ホイッスルの鋭い音が聞こえた。

ババ・オ・ラムはエンジンを切って、恐る恐るフルゴネットの荷室に逃げ込む。

「待ってろよ。今度は、こっちからお見舞いするぞ！」と、ヴァンサンはうなって、車を急発進する。そのあいだ中、マルソーが機関銃を乱射する。

雑木林の中で、警官がひとり野ウサギのように転がった。

ギャングの銃撃だ。

「今度は二人目だぞ！」と、ヴァンサンが吠えるように叫び、もうひとり警官が倒れる。

同じ瞬間に、マルソーも叫び声をあげる。一発の銃弾が、フロントガラスを下げたすき間を通過して、ヴァンサンの顔の数センチ先をかすめて、マルソーの左肩に当たった。

それでも、マルソーは射撃を続ける。マシンガンの弾倉が空になると、今度は自動拳銃だ。

フルスピードで加速して、ヴァンサンが急カーブを切る。警察のトラクションが突っこんできて、マルソーがタイヤを撃って止める。トラクションが傾いて、狂ったように方向転換する。一方、ビュイックは歩道を乗り越えて、プラタナスの木にぶつかりそうになり、先のとがった草を越え、やぶを切り裂いて、猪のように突進し、森を横断する小道に降りた。

ヴァンサンは、ハンドルに釘づけになって、なんとか車の向きを直すと、五十メートル先でカーブを切った。

車が棺桶になりそうな危険な速度で、四、五回続けてカーブする。右折、左折、また右折。すっかり方向感覚を失っていた。警官隊のホイッスルが四方八方から響いて、ヴァンサンは気が狂いそうだ。

突然、ビュイックがスリップする。前輪のタイヤがパンクして、車はまた歩道に乗り上げ、木に鼻づらをぶつけてしまう。

ヴァンサンは、宿命を呪った。

むりやりカーブをくりかえして、ギャングたちの車はアカシアの小道に戻った。フルゴネットのすぐそばだ。

「2CV《ドゥー・シュ・ヴォー》だ！」と、マルソーが叫ぶ。誰も乗ってないぞ。スーツケースを渡せ、早く！……」

数秒後、刑事たちがあらゆる方向からビュイックに殺到した時には、マルソーとヴァンサンはもうフルゴネットに乗りこんで、シュレンヌ（ブーローニュの森の西側の町）の方角に逃げたあとだった。車に二人の少年を乗せていることには、気づくはずもない。少年たちは、ギャングと警官隊の銃撃戦のスピードと荒っぽさに度肝を抜かれて、恐怖のあまり身動きできない。車のバックドアから飛び降りる勇気はなかったし、そんなことはとうてい不可能だ。

「絶好のチャンスだ。このまま隠れていよう」と、ドミニックはすぐに考えなおした。「ノエルを監禁している場所に、あいつらがぼくらを連れて行くぞ！」

ヴァンサンがマルソーに要求する声が聞こえた。

「スーツケースを開けてみろ！　石か鉛が入っているのは、まちがいない！」

少し沈黙があって、今度はマルソー声だ。ひどく驚いている。

「ドルだ！　それにルイ金貨だ！」

「おかしいな。サンテーグルは警察に通報してたのに、どうして身代金を持ってきたんだ？」と、ヴァンサン。

「おれにもわからん。まてよ、手紙が入ってる……おれたちが子どもを生きて返せば、名誉にかけて、おれたちを捜索して追及したりしない、とある」

「名誉にかけて、か！　あつかましいな！」

ドミニックとババ・オ・ラムは怖くなって震えあがり、料理道具にかこまれて、ほとんど息ができないほどだったが、そばにある道具がぶつかりあって音を立てた。

運よく、ギャングたちには気づかれず、マルソーが苦しそうにうめくのが聞こえてくる。「まちがいない。弾《たま》が鎖骨を撃ち抜いたから、もう腕を動かせねえ」


ド・サンテーグル氏は、ビュイックのまわりに集まった刑事たちと合流した。あまりの苦悩に、自制心を失っている。

「警察はご満足かな？　ご自慢の包囲網は完璧で、ギャングを取り逃がすことなどありえないはずでしたよね……」

署長は警察の失態に狼狽して、返事のしようもなかった。

ド・サンテーグル氏は続ける。「《警察への通報が、子どもを生きて取り返す唯一の手段だ》私もそう思っていました。でも、今となっては、私はあわれな息子を失くしてしまったんです！　もし、警察が事件に鼻をつっこまなければ、ギャングは息子を私に返していたでしょう。連中に対して、私は誠実に対応しました。彼らの秘密を守るとひと言書いて、身代金を渡したんです。でも、警察はしつこく介入してきた、そうでしょう？　私は警察に電話しなかったし、その後も電話しないことがわかったので、あなたたちは私を監視したでしょう！」

だが、ド・サンテーグル氏は重要な事実に気づいていなかった。もし警察が身代金の受け渡しについて事前に知らされていなかったら、そして、ド・サンテーグル氏を尾行し続けるだけだったら、ブーローニュの森で、ギャングの待ち伏せを準備する時間はなかっただろう。

署長にいえるのは、ただひと言だけだったはずだ。

「じつは、奥様が、マダム・ド・サンテーグルが、私どもに通報なさったのです」

だが、そんなことは言うべきでないと判断した署長は、相手の非難にも無言のままだった。

「あなたの部下がひとり死んで、もうひとりは重傷です。そして息子は、あなた方のせいでひどいことになりました」と、ド・サンテーグル氏は署長を責めた……

何度も迂回して、ヴァンサンはシトロエン・トラクションに戻ってきた。ポルト・マイヨから遠くないところに停めておいたのだ。

「おまえはトラクションで館まで走って、ガキを始末してこい」と、マルソーが命じる。「でも、トニーは?……」

「サンテーグルが裏切って通報して、おれたちは警官を二人、殺すか怪我させてしまったんだから、もうガキの解放は問題じゃない。おれの方は、これからドゥー・シュヴォーのフルゴネットで、マックスのところに行くぞ」

「マックスって、医者の?」

「そうさ。肩を診てもらうんだ。痛くてたまらねえ……おまえも、トニーといっしょに合流しろ」

「身代金の分け前のために?」

マルソーが顔をしかめて、みにくい表情で笑う。

「一千万だから、半分ずつなら話は楽だ」と、皮肉につぶやく。五百万ずつで、丸くおさまるからな!　三人だと、そうはいかない。一人が三三三三三三三フラン三三サンチームと、あとは三がどこまでも続く！……もしトニーがもっと楽な分け方に反対したら、その時は……」

「それじゃあ……、トニーを片づけるつもりなのか？　どうやって？」

「そんな単純な話じゃないぜ。おれが一足先にマックスの家に着いたら、ボワトゥーに電話を入れて、おまえの弟を殺したのはたしかにトニーだと、知らせるのさ。あんたのちゃちなお家騒動を片づけたければ、手下を連れてマックスの家に来い。トニーがいるぞってな。これで一件落着！　もう、トニーはいなくなってる。他人にやれる仕事で、おれたちがくたびれることはないだろう？」

二人の少年は、恐怖に震えて話を聞いている。

マルソーの計画を賞讃するように、ヴァンサンが軽く口笛を吹く。

「マニフィック！　素晴らしい！」といってから、やや間をおいて「でも、その肩じゃあ、マックスの家まで運転できないだろう。おれの車で連れて行くよ」

「いや、いや、その必要はない。左肩だからだいじょうぶだ。なんとかなるさ。おまえは、館までひとっ跳びだ。そっちの方が急用だからな。ガキのことは、おまえにまかせる」

「了解！」と、ヴァンサンが強い口調で応じて、二人の少年の血管は凍りついた。

ドミニックの計画は、今度も失敗した。ノエルは呪われていたのだ！

「車から降りて、助けを呼ぼうか？」と、ババ・オ・ラムがささやく。そのあいだに、ヴァンサンがマルソーを手助けして、ハンドルを握らせる。

「いや、警官は見あたらないし、通行人もほとんどいない。車だけだよ……止まってくれるわけがない。どっちみち、もう遅すぎる。早めに始末されていたら、どうしようもないよ。それより、いい考えがある。ぼくらは、じっと動かないようにするんだ」と、ドミニック。

ヴァンサンは、もうトラクションに乗り込んで、ポルト・マイヨの方向に出発していた。フルゴネットは少年たちを乗せたまま、彼らの知らない場所にむかう。裏社会の医者、マックスの家だ。

マルソーは、苦痛に顔をひきつらせ、傷ついた腕で苦労しながら、ひどくゆっくり車を走らせる。

突然、ギャングのボスは強烈な衝撃を受けて、思わず座席から跳び上がった。

誰かの手がマルソーの右肩をたたき、予想もしなかったような声が聞こえたのだ。

「失礼、ムッシュー。次で降りたいんですが！」

次の瞬間、マルソーは歩道の方にハンドルを切って車を止め、方向転換しようとしたが、その時間はなかった。金属の大きな塊が彼の頭蓋骨を直撃した。ババ・オ・ラムが、背後から、大きな銅のキャセロール鍋で恐るべき一撃をお見舞いしたのだ！　その直後に、今度はドミニックが、いつもポケットに入れているあのナイロンの投げ縄を、マルソーの首に巻きつけた。ギャングのボスは後ろの方に強く引っ張られるのを感じて、その後は、何も見えなくなった。ババ・オ・ラムが、大きくて深いクスクス鍋を頭にかぶせたのだ！　撃たれた方の肩に金属の重さを感じて、マルソーは痛くてたまらず、泣き叫んだ。

目が見えず、なかば首を絞められても、彼はクスクス鍋をはずそうとするが、丸い鍋はドミニックがしっかり押さえている。それから、少年たちはギャングの足首を細ひもで縛ると、ババ・オ・ラムが荷室から跳びだして、すばやくフルゴネットをひとまわりした。

マルソーはようやく、クスクス鍋をなんとか頭から外して、ババ・オ・ラムの片方の手首をつかむことに成功したが、ドミニックはナイロンのロープをさらに強く引いて、もう一度銅のキャセロール鍋で頭をなぐりつけた。マルソーは、案外固い頭蓋骨の持ち主だったが、それでもやはり意識を失ってしまった。

「あの手錠があればよかったな」と、ドミニック。

ババ・オ・ラムはギャングの両脚をきつく縛り終えると、男の体を押したり引いたりして、運転席の右側に移し、またハンドルを握った。

「フェザンドリー通りに、警察署があるよ」と、ドミニック。「フルスピードだ、ババ・オ・ラム！」

「了解、グラン・シェフ！」

そして、ル・マン二四時間耐久レースのドライバーのように、スピードを上げる。

ドミニックは後部の荷室で立ったまま、左手の投げ縄を強く引き、あの恐るべきキャセロール鍋を右手でふりまわして、捕虜を凶暴な目つきで監視している。

ポルト・ドーフィヌ（ポルト・マイヨ南西のロータリー）を越えた頃、マルソーは意識を取り戻して頭を振ると、ナイロンの紐と喉のあいだに指を入れようとした。その時、キャセロールの三度目の打撃が、彼に正しい判断をもたらす——つまり、また意識を失ったのだ。

二人の交通警官が車内の出来事を目撃して、笑っている。

「映画の撮影だな。俳優の演技が本当の事件そっくりだ！　映画ができたら見に行くか！」

だが、好奇の目つきで探しても、撮影機材を載せた車も、監督も、助手も見つからないので、警官はうろたえた。

「こいつは映画じゃなさそうだ！」

そして、唇にホイッスルをあてて、白い警棒をふりあげながら走りだした。

「アクセル踏んで！　ババ・オ・ラム！」と、ドミニック。

「了解、グラン・シェフ！」

フルゴネットはすぐに加速して、猛スピードでフェザンドリー通りに入り、警察署の前で止まった。

マルソーの監視はドミニックにまかせて、ババ・オ・ラムが署内にかけ込み、とぎれとぎれの声で叫ぶ。

「た、たった今、仲間と二人でギャングのボスを捕まえたんです。ぼくらの友だちのノエル・ド・サンテーグルを誘拐した一味のボスです。ブーローニュの森で、警官を二人倒したばかりです。スーツケースの中に一千万、金貨で入ってます。これから、共犯者がノエルを殺しに行くところなんです。場所はわからないけど、どこかの館で。署長さんに取り次いでください……早く、早く！」

第一〇章　手錠

ヴァンサンの車はジェネラル・ド・ゴール大通りに入った。縁日のお祭りの、にぎやかな音楽が騒々しい。館まで、あと数百メートルだ。

館のサロンでは、ノエルがトランプのブロットゲーム（二～六を除く三二枚のカードを取り合うゲーム）にあきて、ある物語をトニーに話して聞かせていた。そうだ、誘拐された少年の物語だ！　とても愉快な話だったので、トニーは涙が出るほど笑った。

「作者は、もちろんぼくじゃないけど」と、ノエルはひかえめにいう。「アメリカの作家だよ。オー・ヘンリーって名前さ」

「おれは読書なんか、まるで関係なかった……わかるだろう……。で、その話の親父は、息子を誘拐した二人組のギャングに、どんな返事をしたんだ？」と、トニー。

「一通の手紙を、木の幹の穴に入れたのさ。そこには、こう書いてあった」

そういって、トニーはその「手紙」を暗唱した。

「盗賊の方々へ。私の息子はわんぱく小僧で、乱暴者で、歩きまわる災難のような奴です。あなた方は、あの子を私からやっかい払いしてくださいました！　ですから、身代金千五百ドルを支払うつもりなど毛頭ないことをお知らせします。あの子をそのまま預かって下されば、大変ありがたく存じます。どうか、私からの感謝の気持ちをお受け取りください！」

ノエルは続ける。

「しかしながら、私はあなた方、ギャング紳士の皆様に何のうらみもなく、また、あなた方を訴えたくもないのですが、あの何の役にも立たない息子を私が引き取ることに同意する可能性を検討することもできるでしょう。ただし、その場合は、あなた方が賠償金として私に千五百ドル（オー・ヘンリーの原文では二百五十ドル）支払うことが条件になります。それは、もうテキサスの田舎の生意気な小僧っ子の真似などしないことを、あなた方に学ばせるためなのです！　キリスト教の慈善にもとづいて記述されたこの提案の期限は二四時間かぎりで、更新されることはありません。誠意をこめて」

「面白い！　面白い！」と、トニーが繰り返す。

「当然、元の話（「赤い酋長の身代金」）のほうが、もっと面白いけどね」と、ノエルは正直に説明する。

「これでじゅうぶんだ。でもな、ここだけの話だが、身代金が千五百ドルじゃあ、少なすぎるぜ」

「いいかい、これは一九〇〇年の話なんだ。それも、サボテンしか生えていない砂漠みたいなところで、だよ。それに、ギャングといっても、口ほどでもない小ものなのさ」と、ノエル。

「稼ぎの少ないギャングだな！　わかった。それで、その先は？」

「ギャングたちは子どもをやっかい払いしようとするけど、その子は男たちと遊ぶのが楽しくて、離れたくないんだ！　つかまると追い出されるから、サボテンや木の後ろに隠れたり、草むらをはいまわったりして、逃げまわる。雄たけびをあげて、二人組におもちゃの矢を打ったりして、インディアンごっこだよ。わかるよね。二人組に蛇の目《スネークアイ》とずる賢い灰色熊《グリズリー》なんて名前までつけた。その子は、誘拐中ほど楽しかったことはなかったんだってさ」

「こいつは最高だぜ、この話は！　ボスにも話してやろう。それで、その続きは？」

「そうだね。子どもを引き取らせるために、ギャングたちはさんざん苦労して、父親に千五百ドル払うんだ。あとは、すっからかんさ！」

トニーは喉がつまるほど、げらげら笑う。

「話の結末は、ちょっと悲しいんだ」と、ノエル。

「ギャングたちが子どもを家に連れ戻したあと、その子は一晩中スネークアイ！　グリズリー！　ってあだ名を呼んで、涙を流すのさ。二人のことが、すっかり好きになったんだね。今のぼくとあなたに、少し似てるよ！」

「そうだな！」と、トニーはうなずいて、笑いが止まった。

彼は時計を見る。

「じつは、今頃、おまえのパパが身代金を渡したはずだ。万事順調ならな」

「そうだね」と、ノエルがさびしそうにいう。「そろそろ出て行かなくちゃ」

「そうだな」と、トニー。

「ばかげた話だけど……ここから出たら、あなたのことがなつかしくなりそうだ」と、ノエル。

「おれもな、わかるだろう、ノエル・サンタ！」

しばらく沈黙が続いた。

遠くの縁日のお祭り騒ぎが、今までよりよく聞こえてくる。

「時どきでいいから」と、ノエルがおずおず言う。「絵葉書を送ってくれるかな？　サインは、そうだね……」と、一瞬ためらって「友だちより、だけでいいよ」

「やさしいヒバリ」の曲が、お祭りの軽音楽からくっきりと切り離されて聞こえた。レコードの、鼻声のようにこもった音だ。

ノエルが、ひらめいたようにほほ笑む。

「それより、いいアイディアがあるぞ。ALOUETTE《ヒバリ》ってサインすればいいんだ。それだけで、すぐわかるよ！」

ちょうどその時、ノエルは耳をそばだてた。

「聞こえた？」

「いや、何が？」

「車が一台、すぐそばで止まった」

「おれの仲間にまちがいない、わかるよな」

また、しばらく静かになった。

「何も聞こえないな」と、トニー。

「足音が聞こえる。でも、おかしいな」と、ノエルがささやく。

「すごく静かに、そっと近づいてくる……」

「足音だって？何も聞こえんぞ。おまえがおれより耳が鋭いのは知ってるが、おれだって耳は不自由じゃない！」

トニーは不安になって、立ち上がろうとしたが、ノエルが身ぶりで彼を止める。

「誰かが忍び足で、ゆっくり近づいてるんだ」

「刑事じゃないだろうな！　どっち側から聞こえる？　足音は？」

「左側からだよ」

トニーは首を伸ばして、しつこく様子を探り、彼もようやく足音を聞いた。だが、足音は左側からだけでなく、右からも、正面からも、後ろからも、あらゆる方向から聞こえてきたように感じられた。きっと、耳の内部の血管が心臓の鼓動を伝えているだけなのだ。

その時、金属のぶつかりあう音が二度、ほとんど同時に聞こえた。

「あれは何だ！」

トニーが跳び上がったが、ノエルはげらげら笑っている。

「罠《わな》にかかったね、トニー！　みんな嘘だよ、車も、足音も！」

だが、すぐに笑うのをやめた。トニーが口から泡を飛ばして怒っている。

「手錠だ！　あのチビが、おれに手錠をかけやがった！」

そのとおりだった。トニーが気がかりな足音に耳をそばだてているあいだに、ノエルは、細心の注意をはらって、アメリカ軍の手錠が入っているテーブルの引き出しを開けた。それは「長い鎖がたっぷりついてる」手錠だった。一瞬のうちに、ノエルはテーブルの上に両手を伸ばしている大男の手首に、手錠を掛けたのだ。

「だましやがったな！　おまえを信用してたのに！　用心すればよかった！」

男は片足で、椅子を乱暴に蹴った。

「ぶっ殺してやる！」

テーブルがひっくり返って大きな音を立てる。ノエルはサロンを横切って、ピアノの後ろに隠れる。

「誓っていうよ。あれはね……」

ワインの空き瓶が飛んできたが、運よくノエルには当たらず、壁にぶつかって割れた。

「ちがうよ！　ちがうよ！」と、ノエル。

「虫けらめ！　よくもだましたな！」

「誓っていうよ。あれは、だましたんじゃない。二人で笑いたかったんだ！」

ノエルはピアノの下に逃げて、ひと跳びでドアに着いた。トニーがすっかり警戒心をなくして、鍵をかけておかなかったから、そのままドアを開けて廊下に出ると、あの不気味な黒人彫刻の部屋に入った。ドアを閉めて、まず差し錠を掛け、用心のために鍵も掛けた。トニーが追ってきて、恐ろしい言葉で脅しながら、ものすごい勢いで、ドアに何度も肩をぶちあてた。

それでも、ドアは分厚い柏製だったし、差し錠も鍵も、なんとか攻撃に耐えられた。


トラクションを運転していたヴァンサンは、ひどい渋滞で十分遅れて赤信号で止まったところだ。疲れ切った表情だった。突然、彼の車がものすごい音を立てて、文字どおり前方に跳び出した。「自動車学校」のパネルをルーフにのせたプジョー203を運転中の老婦人が、ブレーキとアクセルを踏みまちがえたのだ。助手席の教官が思いきりブレーキを踏んだが間に合わず、プジョーはシトロエンのトラクションに追突してしまった。

ヴァンサンが怒り狂って、車から跳び出す。

「スタントカー・レースのつもりかな、マダム？　あなたの年じゃあ、車の運転を習うのは無理だよ。子ども用のおもちゃの車でじゅうぶんだ！」

「申し訳ありません、ムッシュー」と、教官。「被害は、バックの板金だけのようです。たいへん心配ですが、大損害ではなさそうで」

「あんたたちは、慣れっこなんだろうが！」

「すべて私どものせいです。まちがいありません！　保険会社が全額お払いします。自動車学校も、あなたにお見舞金を！　よくあることですから……さっそく事故証明の書類をお作りします」

「でも、おれは急いでるんだ！」と、ヴァンサンがかん高いこえでいう。警官とは、少しでも関わりたくないのだ。

すぐに逃げ出したかったが、見物人が集まりはじめ、もう巡査の制帽が見えた。

「免許証と自動車登録証は？」と、巡査がたずねる。

ヴァンサンは窮地に立たされて、やむをえず、書類入れを取り出した。

館では、トニーはドアに肩をぶつけるのはやめて、憤りに燃えながら、うなった。

「ガキは、ずらかったぞ！　どうすりゃいいんだ！」

ところが、ドアの向こう側から、ノエルが答えた。

「ちがうよ！　ここにいるよ。誓っていうけど、ぼくはあなたを楽しませたかっただけなんだ。あなたの仲間から、ぼくを守ってくれるっていったでしょう。だから、あなたはぼくの親友さ」

「まだ、おれをからかってるのか！」と、トニーがまたうなる。

「そうじゃないよ！　その証拠に、窓からだって逃げられたのに、ここにいるんだから」

そして、ノエルはこんな驚きの言葉をつけ加えた。

「ぼくを痛めつけたりしないって約束すれば、このドアを開けて、手錠を外してもいいよ」

初めはまったく信じなかったトニーだが、やがて、もしかしたらありえるかも……と思うようになった。大男の小さな頭脳の中で、ちょっとした変化が起こる。

「おまえを信じるよ。指一本さわらないから」

「約束する？」

「約束だ。ドアを開けてくれ」

「誓える？」

「誓えるとも」

鍵がまわる音がして、次に、差し錠がガチャリと動き、ドアが開いた。

「ほらね！　信じてるよ」

「やれやれ！」と、トニーはほっとする。

「ぼくを信じないなんて、しゃれてないよ」と、ノエル。「ぼくたち、友だちなんだから」

「信じないなんて、ありえないさ！　ノエル・サンタ、さあ！」

「怒ってない？」

「いや。それより、早くこの腕輪をはずしてくれよ！　鍵はどこだ、早く！」

ノエルの表情が、突然曇った。

「手錠の鍵？　しまった！　忘れてた……」

「何だと？」

「じつは……ええと……持ってないんだ、鍵は！　最初から、持ってないんだ」

「それじゃあ、おれにどうしろっていうんだ？　もうすぐ、ヴァンサンとマルソーが来るのに……」

と、トニー。

「魔法使いじゃなくても外せるはずさ、手錠は！　ここに、なにか道具はない？」と、ノエル。

「そんなこと、おれが知ってるわけないだろ？」

二人はいくつもの戸棚を開けたり閉めたりして、部屋中を探し回った。ますます興奮がたかまる。

「もしかしたら、地下室は？」と、ノエルが叫んで、突進する。

その直後に、また叫んだ。

「あったよ！」

そして、誇らしげにハンマーとやっとこを、もってきた。

「やってみよう。おまえがやっと見つけた道具だからな」

手錠には「長い鎖がたっぷり」ついていたが、トニーが力をふりしぼって挑戦する。

でも、金属がぶつかりあう鋭い音がするだけだ。

「どうしようもない。壊せないぜ！」

「やっとこで鎖をつかんで、上からハンマーでたたいてみよう」と、ノエルが提案する。

「マントルピースの上に両手を置いて、動かさないで」

「イテテ、痛い！　やっとこで、おれの皮膚をはさんだぞ……」

「ごめん、ごめん」

「いいから、まっすぐ打てよ」

ノエルがいくらたたいても無駄だった。鋼鉄の丸い輪は少し平たくなったが、それ以上は無理だ。

「どうしようもないな！」と、トニー。

「ほんとうに、ごめんね」と、ノエルがつぶやく。悲しみと後悔の気持ちがこみあげてきた。

こめかみと首の血管をふくらませて、巨人は筋肉を緊張させると、両手首を引っ張って鎖を壊そうとしたが、失敗に終わった。

二人は途方に暮れて顔を見合わせる。

「やすりがあれば、かんたんだよ」と、ノエル。

「そうだ！　もしあれば、だろう」と、トニーがうなる。「《もし》がたくさんあれば、パリだって一本のガラスびんに閉じ込められるっていうからな（有名な諺）」

その時、ノエルの表情が輝いた。

「ひとっ走りして、やすりを買いに行ってくるよ。近所に金物屋、あるよね？」

「今日は、月曜だ」と、トニーが反射的に答える。店はみんな閉まってる。まてよ……たしか、館の右手のせまい通りに、飲み物や食い物から雑貨まで売ってる店があるぞ。そこになけりゃ、おしまいだが……」

ここまでいって、トニーは話を中断した。緊急事態の異常さに、はたと気づいたのだ。

「だが、まてよ。おかしな話だ！　おまえさんは、おとなしく館を抜け出して通りに出て、おれを救いにもどってくるというんだな。おまえを誘拐して、ここで見張りをいいつけられた、このおれを救いに！　まるで、世界がひっくり返るような筋書きじゃねーか！」

「だって、あなたはぼくの友だちだよ」と、ノエルはすなおに反論した。

「なるほどな。だが、そうはいっても……」

トニーは巨大な頭をかしげて、こう言いたそうだった。「世間では、そうは問屋がおろさねえ……」

「じゃあ、ぼくを信用してないんだね？」

大男は少年をじっと見ている。ノエルがちょっとさびしそうな笑いを浮かべた。

「わかった、信用するさ。でも、早くもどってこいよ。もし、おれの《仲間》に知れたら、どうなることか……」

「それと……」と、トニー。「ぼく、お金がないんだ」

「なに？　おれの上着のポケットに、入ってる」

ノエルは、トニーのポケットから小銭を取り出す。

「すぐもどるよ」

「頼んだぞ、ノエル・サンタ！」と、ひとりになったトニーがいう。

ノエルが通りに出て館の右側を突進し始めた、ちょうどその時、ヴァンサンがトラクションを運転して、フレール・パテルヌ通りの左端からやってくるところだった。

走り去る子どもの背中が見えたので、ヴァンサンは背中を見ながら直進し、もう少しで追いついて、少年をひきそうになったほどだが、その子がノエルだとは知るはずもなかった。それに、通りすがりの少年に注目していたとしても、それは、その時ヴァンサンがひどく緊張して、表情がひきつていたから、そう見えただけのことだったろう。

やがて、館の入口の扉が開く音が聞こえたので、トニーはノエルだと思って驚いた。

「もう戻ったのか？」と、トニー。

「もう戻ったか、だと？」と、ヴァンサンが吠えた。「待ち時間が気にならなかったようだな、ブラボー！」

ヴァンサンが、ドアをノックする。

「おい、開けてくれよ」

一瞬ためらって、トニーが答える。

「入れよ。鍵はかかってねえ」

「それでも、指令を守ってるてか？　ボスが、いつもいってるだろう……」

トニーはピアノの裏の暗がりに座っていた。両手首を股のあいだにはさんで、手錠を隠している。

「万事順調か？」と、トニーが時間稼ぎの質問をする。

「だが、ガキはどうした？　どこにいる？」と、ヴァンサン。

「じつは、その……」と、困り果てたトニーが口ごもる。

共犯者が近づく。

「ガキを逃がしたんじゃねーよな？　そんなことをしたら……おや、こいつは何だ……」

ヴァンサンは、トニーをじろじろ見ている。

「手首に、何をはめてるんだ？」

トニーが思い切って立ち上がると、ヴァンサンがあとずさりする。

「手錠だ！」

それを聞いたヴァンサンは、ほとんどパニック状態であたりを見まわした。警官隊が突入すると思ったのだ。

「おれに説明させてくれよ」と、トニー。ここで思わず唾をのみこんだほど、言いにくそうだった！

「じつは、あのガキが……」

それ以上くわしく話す勇気がなかったから、あわれっぽい表情で、鎖につながれた両手首をもちあげる。

「あのガキか！　おまえに手錠をかけてズラかったのは！　こいつは最高だ！」と、ヴァンサン。

「ちがうんだ！　おれたちは二人で遊んでいただけだ。ほんとうに、ばかだったよ。それで、たまたま、手錠がかかったんだ。ガキは鍵をもっていなくて、やすりも見つからなかったから、ノエルは、すぐそばの雑貨屋に、やすりを買いに行ったところだ」

「やすりを買いに行った、だと！」

「まあ、そういうことだ。おれを自由にするために」


雑貨屋のよろい戸の貼り紙を読んで、ノエルの血が凍りついた。

FERMÉ POUR CAUSE DE MARIAGE（婚礼のため本日休業）

店先から中庭が見えて、飾り立てたアーチの下では、新郎新婦と招待客たちが、バグパイプや風笛《コルヌミューズ》の音楽にあわせて踊っていた。ブルターニュ地方の民族衣装を着て祝う婚礼だったから、輝くほど真白のとがった婦人用頭巾《コワッフ》をかぶり、ビロードの分厚いドレスを着て、リボンを巻いた幅広いつばの帽子、キラキラ光る金属のボタン付きのビロードのチョッキ、ゲートルに木靴という礼装だ。新郎は、皺だらけのアピリンゴ（紅白両面のあるリンゴ）によく似た小柄な老婦人と、彼女に怪我をさせないよう用心しながら、ワルツを踊っている。新婦の祖母だ。新郎の祖父は、若者のようにはつらつと踊って、新婦をふりまわしている！

いつまでも、笑い声が絶えなかった！

ノエルは、まだ子どもだったから、楽しい宴会の邪魔をしたくなかったので、走って館に戻ろうとした。


「警官隊を連れてな！　だが、おれはガキを消すために、ここに来たんだぜ。それなのに、なんてことをしたんだ！」

「おまえには、わからねえだろうな。おまえはあのガキを知らない。あいつは必ず戻ってくる……」

「やすりを買いに行っただと？」と、ヴァンサンがまたどなった。「おまえは完全な気ちがいだ！」

その時、ノエルが姿を現わした。

「雑貨屋は閉まってた」と、息を切らせていう。「でも、また行ってくるよ……」

「逃げろ、ノエル！」と、トニーが叫んだ。

ノエルは、ヴァンサンの姿を見ていなかった。ドアの奥に隠れていたのだ。トニーの声を聞いて、ノエルがヴァンサンのほうを振り向く。

「おや、戻ってきたんだな」と、ヴァンサン。

「言ったとおりだろ！」と、トニー。そして「逃げろ！」と、また叫んだ。

しかし、ヴァンサンはドアをバタンと閉めて鍵をかけ、その鍵をポケットに入れる。

「これは失礼！　すきま風が嫌いなんでね！」

「ドアを開けろ、ヴァンサン！」と、トニーがかすれ声で叫ぶ。「ガキを外に出してやってくれ」

「もちろん、これから開けるさ！　でも、今すぐじゃないぞ！　その前に、このかわいい坊やの世話をしてやる必要があるんだ……」

サロンには、銅の大きな盾の横の壁に黒檀《こくたん》の棍棒が架かっている。ヴァンサンが棍棒をとりはずすと、ノエルは恐怖の叫びを発した。

「やめろ、ヴァンサン！　この子に指一本でも触れたら、おまえをぶっ殺すぞ！」と、トニーが吠える。

「その手錠で、できるのか？」と、ヴァンサンがニヤニヤ笑う。「よく聞け、サンテーグルが警察に通報したぞ」

「そうだったのか」と、ノエルは悲しくなった。「サンテーグルか……父さんだって、ぼくを本当に愛してくれない。だから、身代金を払うのが惜しくなったんだ――あの人には、ほんのはしたい金なのに！誰も、ぼくを愛してくれない、誰も。トニー以外は」

「ブーローニュの森の茂みに、警官がおおぜい隠れててな」と、ヴァンサンが続ける。「マルソーが二人撃ったが、ボスも肩に一発くらった。こうなったら、もうガキを逃がすわけにはいかねえ。そうだろう」

ヴァンサンが、ノエルに一歩近づく。

「止まれ、ヴァンサン！」と、トニーがまた吠える。

ヴァンサンが、もう一歩近づく。

トニーは彼のほうに椅子を投げたが、手錠のせいで手もとが狂い、椅子は大きな鏡にぶつかって、鏡が粉々に砕け散った。

ヴァンサンが、さらに、もう一歩近づく。

トニーは、ノエルとヴァンサンのあいだに割って入った。

「止まれ！　さもないと、ぶっとばすぞ」

「そうかい、手錠つきでな」と、今度はヴァンサンが吠える。「ガキがそんなに欲しいなら、くれてやる！……頭がおかしいぞ！」

ヴァンサンはいったんしゃがみこんで、跳びかかった。トニーが足蹴りで彼を止め、手錠のかかった両手首でなぐりつけようとする。ヴァンサンは巧みにかわすと同時に、猫のように柔軟な動きで、棍棒を握った腕を振り下ろしたが、トニーには当たらない。

身をかがめて、ヴァンサンは大男に突進し、トニーは思わずあとずさりするが、恐怖にふるえるノエルの姿を悪漢に見せないよう苦労している。

ヴァンサンは左側に跳んだかと思うと、すぐに右側に動いてトニーを幻惑し、とうとうノエルを捕まえて、また棍棒を振りかざした。

ヴァンサンの横顔がすぐそばに見えたので、大男は両手首をふりあげて、手錠の鎖をふりおろし、ヴァンサンの首にまわして、しめつけた。

「ガキを放せ」と、トニーが命じる。

ヴァンサンは、したがうどころか、足をばたつかせ、汚い言葉で叫び続ける。

「ガキを放せ、今すぐ」と、トニーは怒鳴って、鎖をもっと強くしめつける。

ヴァンサンは窒息しそうになって、ノエルを放した。

「そうだ、それでいい。ノエル、奴のポケットから鍵を取って、隣の部屋で待ってろ。よくいい聞かせておくから、おとなしくなるだろう」

ノエルが出て行くと、トニーは鎖を握る力をゆるめた。

「ばかなことをするな、ヴァンサン。棍棒を捨てろ」

ところが、ヴァンサンはトニーをなぐろうとする。

トニーはまた手錠の鎖で、首をきつくしめた。

「おれがその気になれば」と、トニーが冷静にいう。「あとひとしめで、おまえはあの世行きだぜ。そんなことは、いやだろう？　おれだってそうだ。よく聞け。今度のヤマが失敗したのはガキのせいじゃない。もう一度いうが、この子はおれたちを裏切ったりしないんだ」

だが、ヴァンサンは蛇のように体をくねらせて、激しく暴れだした。

「おまえは、思った以上に頭が悪いな！」と、トニー。「おれが意地悪じゃなくて、よかっただろう」

そういって、鎖をもっと強くしめると、逃げ出せるはずもないのに何を思ったか、ヴァンサンは急に全力で跳び上がる。はずみで首がしまって急に全身の力が抜け、棍棒が手から落ちた。トニーが蹴って、部屋のはじに転がす。

「やっと、おとなしくなったな！　それでいい。おれはあの子を無傷で放してやりたいんだ」

トニーは、悪だくみを警戒しながら、もう動かなくなったヴァンサンの首に巻きついた鎖を慎重にゆるめた。

すぐ後で、トニーが黒人芸術の部屋に入ってきたが、ひどく暗い顔つきだったので、ノエルは言葉にならないほどの恐怖を感じた。

「ど、どうしたの？……」と、ノエルが口ごもる。

「おれのせいじゃない」と、トニーがささやく。「ヴァンサンのせいだ。あいつが暴れすぎて、首の中で何かが折れたんだ。おれは何もしてない。いつでも警察にちゃんと説明できるんだが、信じてくれないだろうな」

すっかり取り乱して、トニーはしょんぼりと繰り返すだけだった。

「なんてこった！……なんてこった！……」

それを聞いて、ノエルの表情が突然ゆがんだ。

「あなたたちのボスが……」

「なに、ボスだって？」

「もうすぐ、ここに来るよ。この様子を見られたら、大変だ……」

そういって、ノエルは廊下に飛び出した。

「どこへ行くんだ？」

ノエルが、入口のドアのほうに走り去る。

「やすりを買いに……」

「戻ってこい、ノエル。戻ってこい」と、トニーが叫ぶ。

だが、ノエルはもう通りに出ていた。息を切らせて、ジェネラル・ド・ゴール大通りにむかって走りだしたのだ。通り全体が、縁日のお祭りのあらゆる人工的なにぎわいが混ざった騒音につつまれて、にぎやかさに酔っているようだった。お祭りの屋台のあいだを行き来する群集は、雑踏の騒音が聞こえてくるのを楽しんでさえいるのだ！

ノエルはひとりの警官を見つけて、かけ寄った。

金物屋の住所を聞くためだったが、警官は一軒あると教えてくれた。

「でも、閉まっているかもしれんぞ。今日は月曜だ」

たしかに、店は閉まっていて入れなかったが、よろい戸は下がっていなかったので、窓からはハンマー、ペンチ、モンキーレンチなどにまざって、やすりがたくさん見えた。あらゆるサイズのみごとなやすりで、その鋭いギザギザの歯は手錠の鋼鉄をたやすくかみ切ってくれそうだった。窓の薄いカーテン越しに、ノエルはうっとりとやすりを眺めた。

うれしくて、でも残念で、涙があふれそうだった！

店を出ると、ノエルはまた人混みにのみこまれた。

館の惨劇にすっかり動揺したノエルは、この世界でただひとりの友だちのトニーが、自分のせいで両手をしばられて悲惨な立場に置かれていると思うと、それ以上にひどく動揺していた。そんな気持ちなのに、ひしめきあう群集に押されながら、踏み台の上から聞こえてくる、あらゆる種類の客寄せ口上を聞かされて、頭がぐるぐるまわりはじめた。賢い芸をする動物を使う見世物師、魔術師、女や男の占い師、富くじの密売人たちの口上だ。そして、回転木馬、ブランコ、ジェットコースター、キャタピラ付きの毛虫車、巨大な観覧車、衝突ゲームの電気自動車などからも、あらゆる笑い声や叫び声が聞こえて、昔流行したジャズの曲が拡声器から騒々しく響きわたる——まるで、大空全体が吠えているようだ。

そこに、思いがけない幸運。もう一軒の金物屋だ。それも開店中だった。

店の主人は七十代で、丸眼鏡をかけて夕刊新聞を読んでいたが、ノエルのほうを見て、眼鏡をはずした。ノエルは、老人が彼をジロジロ見ているように感じた。

主人は新聞を勘定台において、少年に近づいた。不審そうな目つきは変わらない。

その時、ノエルは新聞の一面の大見出しの下に、少年の写真が出ていることに気づき、血が凍りそうだった。

「ぼくの顔写真だ！」

新聞が逆向きにおいてあったので、記事を読んだり写真をよく見たりはできなかったが、自分のことだと、ノエルは直感した。

金物屋の老人は、ほほ笑みながら近づいてきたが、その笑いは視線以上にノエルを不安にさせた。

「ぼくが誰だかわかってしまう。いや、もうわかってしまった！」

そうなれば、警察に知られて、監禁場所を教えろといわれるだろう。もちろん、絶対いわないぞ。でも、それでは、やすりを持ち帰ってトニーを解放する任務が果たせない。それに、自分がこのあたりにいることが知られれば、捜索範囲がせまくなる。警察は、すぐに館を発見して、トニーを逮捕するだろう。そうなれば、判事が彼をギロチンに送るだろう（ギロチンによる最後の処刑は一九七七年。一九八一年死刑廃止）。もし、ボスのマルソーが警察より先に館に着けば、あいつが彼を殺してしまうだろう、おとなしい羊のように。それに、もし、トニーがボスと警察から逃げられたとしても、あの犯罪者用の手錠で自由がきかないのに、いったいどこへ身を隠せるだろうか？　結局、ボスかボワトゥーに見つかって、殺されるだけだ。

「おや、あんたのことは知ってるよ、坊ちゃん」と、金物屋がいう。

「み、店を……まちがえました」と、ノエルはくちごもって、すぐに逃げ出した。

「そうかい。わしのほうがまちがえとったのに」と、あとから金物屋が困ったようにつぶやいた。

「あの子は、近所のチビのミッシェル・フォラーニじゃないな」

ノエルはまた、祭りの雑踏にのみこまれてしまった。

そのあとは、なにもかもが彼を脅迫しているように思えてきた。通行人の腕の下や上着のポケットから突き出た新聞に、あの顔写真と、その上の記事が出ているのに、ノエルは気づいたが、記事の文章はすぐに暗記できるほど単純だった——「写真の男児を見かけたら、すぐにご連絡ください……情報提供者には高額の報酬を支払います」

自分に視線が注がれたり、男の人が連れの女性のほうに身をかがめて、なにかささやくたびに、ノエルは、いつも同じ言葉を想像した。「驚いたな。あの子は、誘拐された子に似てるよ……」縁日の賢い猿たちでさえ、キャッキャッと叫びながら跳び上がって、ここにいるぞ、と知らせようとしている。

「おい、おチビさん……」

万事休す！　さっきの警官だ！

警官はただ、金物屋が開いていたかどうか、知りたかっただけだが、ノエルにそう思えるはずはなかった。それ以上に、新聞の少年の写真が彼のものではないことなど、わかるはずもなかった。それは、聖地巡礼の団体を乗せた満員のバスと列車が衝突する恐ろしい踏切事故を、機転を利かせて未然に防いだ、勇敢な少年の写真だったのだ。

ノエルはすっかり取り乱して周囲の音が聞こえなくなり、回転木馬と一緒に走りまわっていた。ちょうどその時、レコードの音楽が《やさしいヒバリ》の歌をとどろかせた。

人間と猿のあとから、今度は機械までが「ノエルはここにいるぞ！」と知らせたがっているのだ！

パニックにおそわれて、ノエルは一目散に走りだした。

★

フェザンドリー通りの警察署では、刑事たちが、ノエルの監禁場所の情報をマルソーに自白させるのに苦労していた。

一千万フランは消え、警察との撃ち合いで二人の警官を殺傷してしまった以上、マルソーには破滅しかなかった。その点では幻想をもたなかったが、共犯者のことは黙秘し続けている。

隣の部屋では、ドミニックとババ・オ・ラムが、不安そうな表情で待機している。二人のそばには、ド・サンテーグル夫妻がいたが、いちばん苦しんでいるのは、おそらくマダム・ド・サンテーグル（マリレーヌ）で、すすり泣きがとまらない。

「わたしのせいよ！　全部わたしのせいだわ」

ブーローニュの森の待ち伏せの劇的な結末を知らされるとすぐに、マリレーヌはフザンドリー通りの警察署にかけつけ、夫と合流していた。

恐ろしい成り行きを前にして、彼女は眼からうろこが落ちる思いだった。嘘のない本当の自分自身を、やっと見つけられたのだ。そうだ、彼女は、いじましい偏見、社交界のうつろな存在感、女優としての取るに足らない自負心、うるおいのない感情、不公平な価値観――つまりエゴイズムに、とりつかれていたのだ。

今になって、マリレーヌは夫が口にした非難めいた言葉の意味を理解した。

「養子だって、うちの子なんだ。ちがうかい？」

「わたしよ」と、じつは警察署に着くとすぐに、彼女はド・サンテーグル氏に白状していた。「わたしよ、あなたを裏切ったのは。こうなったのは、わたしの責任なの。許してね！」

夫は聞いているだけで、ひと言も話さなかった。

取調室の扉の奥から、夫妻にはマルソーの尋問が聞こえた。どなる声、なだめる声、おどす声。でも、とくに、とくに二人が「聞いた」のは、マルソーの「沈黙」だった。

ド・サンテーグル氏はいたたまれなくなって、部屋に押し入った。すっかり取り乱した様子だ。

「もうたくさんだ！」と、悪党にむかって叫ぶ。「あなたのいうとおりにしただろう。森で起こったことは、私にはどうしようもなかったんだ」

マルソーは、皮肉そうな表情を変えない。

その時、ドミニックが、とっさにひらめいて、叫んだ。

「署長さん、ぼくは、やつらがノエルをどこに隠したか知ってると思います」

全員があっけにとられて、ドミニックを見た。

「君も知ってるよね、ババ・オ・ラム。今朝、二人でノエルを捜索してる時、前を通ったんです」

「捜索だって?」と、署長が驚く。

「ピュトーの、水と森林保全局の局長さんの館です」

「ピュトーか?」と、署長。

マルソーが、思わずドミニックに鋭い視線をむける。

「思い出してよ、ババ・オ・ラム……館の前で、ラジオのヒバリ・パテの宣伝が聞こえただろう。あの時は誰も住んでないと思ったけど、ラジオが聞こえたってことは、誰かがいたんじゃないか?」

「そのとおり！」と、ババ・オ・ラム。「今まで気がつかなかったとは、なんてばかだったんだ！」

「フレール……フレール……通り五番地だよ。待って！　フレール・パテルヌ通りだ。ジェネラル・ド・ゴール大通りのすぐそばじゃないか。思いちがいかもしれないけど、署長さん、たしかにそこです！」

「そのとおり、脱帽《シャポー》！」と、マルソーがようやく口を開いた。「ガキどもが、どうして見つけたのかわからんが、たしかにそこだよ。フレール・パテルヌ通り五番地さ」

「スプートニク・ドゥが連れてってくれたんだ」と、ドミニック。

「スプートニク・ドゥ？」

「あなたの共犯者のために、ぼくらが買ったプードルだよ。その人は本当に目が見えないと思ってたから」

「やれやれ、年の割には、ずいぶんませたガキだな！」と、マルソーがまた皮肉そうにいう。「この子たちがおれを捕まえて、一千万取り返して、今度は館を発見したわけか！　すご腕の刑事さんたちも、よく見習えよ！……」

署長は、すでに電話をかけていた。

「もしもし！　ピュトーのエシャンベルジェ署かな。こちら、ポルト・ドーフィヌ署。大至急、警官隊を送ってくれ……」

マルソーが壁の時計に目を向けて、にやっと笑う。

「たしかにあの館だ、といったよな」と、マルソー。「だが、今の時間じゃ、おれの《仲間》たちはとっくにズラかってるぜ。館には誰もいねえよ」

「誰も？」

「そうだ、いや、ひとりいるぞ。もちろん、あのガキを見つければの話だが……」と、マルソーは意味ありげに笑った。

★

ノエルは、「やさしいヒバリ」の曲がまだ耳にこびりついていたが、衝突ゲームの自動車遊園地にたどりついた。車がぶつかりあい、叫びや笑いがはじける。

そこで、ノエルは、それを見つけた。

い、い、やすりだ！……

雑多な工具が入っている小さな工具箱の中に、それはあった。

ブルーの作業服を着た男が金属のかたまりの前で膝をつき――たぶん変圧器だ――、急いでビスをいくつか外している。仕事に集中していたから、工具箱は男の右側の少し奥のほうに置かれていた。

ノエルは、こっそりとあたりを見まわした。誰も彼には気づいていない。男の作業をよく見たいふりをして、身をかがめる。

「メカが好きなのかい？」

「もちろんです、ムッシュー！」

そう答えると、ノエルはこっそりやすりを取って、ポケットに入れた。

生まれて初めての泥棒だ！

すぐに逃げ出して盗みがバレないように、細心の注意が必要だった。

落ち着いて、ごく自然にふるまい続けるのだ。

「おいチビ！　おまえがいると、日陰になるんだ」

「ああ！　ごめんなさい、ムッシュー」

ノエルは、はじめは一歩、つぎにもう一歩後退して、歩道に降りてから、大通りをゆっくり横切った。

向こう側の歩道に着くとすぐに、全速力で走り出す。レコードの音楽が響く。

アルエット・ジャンティユ・アルエット
アルエット・ジュ・トゥ・プリュムレ！
ジュ・トゥ・プリュムレ・ラ・テット！
ヒバリさん、やさしいヒバリさん
君の羽根をむしっちゃえ
君の頭もむしっちゃえ……

★

黒人芸術のオブジェの部屋では、トニーがしょんぼり待機している。

「やすりがあったよ！」と、ノエルが大声で呼びかける。「遊園地で見つけたんだ。警官の鼻先でさ！」

「やったぞ、ノエル・サンタ！　おまえはほんものの友だちだ。だが、いっただろう、その必要はないってな。とにかく、ここから出なくちゃならんのだ」

「もちろんだよ。でも、その前に手錠を外さなくちゃ」

「もう、その必要はないんだ」と、トニーがくりかえす。「考えたんだが、このまま二人で警察署に行こう」

ここまでいいかけた時には、警官隊が拳銃を握って廊下に侵入していた。ひどく静かに入りこんだので、トニーも、ノエルも、まったく気づかなかったのだ。

ドアが開いていたから、警官たちにはトニーの言葉が聞こえた。「警察署に行こう」だって？　不審に思った隊長は、部下に待機の合図を送る。

「警察署に、だって？」と、ノエルがびっくりする。「監獄に入れられちゃうよ」

「やつらは、そのために来たんだ！　さあ、ノエル・サンタ、おまえのやすりをそこに置いて、部屋を出よう」

「いやだよ！」と、ノエルが叫ぶ。「あなたが監獄に入れられるのは、いやだよ」

「よく考えてみろ」と、トニーがいう。まるで哲学者みたいだ。「おれが逃げられるチャンスはゼロだ。どっちにしろ、警察はおれを捕まえるだろう。だから、道理をわきまえて、あきらめるんだ。それに、こんなことが起ったあとで、おれのせいじゃないといっても無駄だよ……うまく説明できないが、いまさら助かりたいなんて思うのは容易じゃない」

ノエルが、わっと泣き出した。

「いやだよ。そんなの、まちがってる。あなたがヴァンサンの首に手錠の鎖をまわしたのは、ぼくを助けるためだよ。それで、ヴァンサンが……」

「警察署に行くんだ」と、手錠をかけられた巨人は、辛抱強く、やさしく、くりかえす。「おれがヴァンサンを殺したんじゃないと、説明してくれ。あれは、あいつのせいで、事故だったんだ……自分の愚劣さと意地悪さの犠牲者なのさ！　署長が、おまえを信じてくれるといいんだが。どっちにしても、本当のことをいうのが、ただひとつの解決なんだ」

「おまえのいうとおりだ」と、声が聞こえた。

刑事のシルエットが、半開きの扉から浮かび上がった。そのあとに部下たちが続く。

「それが、ただひとつの解決だ」と、また刑事がいう。「さあ、ついてこい」

トニーは思わずビクッとしたが、驚きから覚めると、深いやすらぎが感じられた。

ノエルは、うちのめされたままだ。

「ぼくじゃない！」と、トニーのほうにかけ寄りながら叫ぶ。「ぼくじゃないんだ、誓うよ」

「おまえじゃないって、何が？」と、大男があっけにとられる。

それは、今回の冒険をめぐるあらゆる出来事のなかで、人びとの善意と、自由意思による約束や偽りのない信念への敬意を信じつづけた少年にとって、いちばん耐えられない瞬間だった。

「警察に通報したのは、ぼくじゃない。ぼくは何もいわなかった。誰にも！」

頰を流れる涙の下から、何度もくりかえされた言葉だ。

「誰にも……誰にも……」

「だいじょうぶ、信じてるよ、ノエル・サンタ。おまえが密告したなんて、一秒だって思っちゃいない。おれに、約束したじゃないか」

警官たちは、この劇的展開のあらましをなんとか理解していた。

「そのとおりだ」と、刑事。「館の住所は、二人の少年がポルト・ドーフィヌ警察署に知らせてくれた。あの二人がギャングのボスを捕まえて、文字どおり縛り上げ、キャセロール鍋で何度もなぐって、ほとんど仕留めそうになったんだぞ」

「マルソーを勾留したのか？」と、トニーが驚く。

「一千万も、戻った」と、刑事。

「二人って、ひとりはドミニックだよね？」と、ノエル。

「そう、ドミニック・デュラックと、もうひとりは北アフリカの少年だ」と、また刑事。

「ババ・オ・ラムだ。すごいぞ！」

でも、ノエルの興奮は、すぐにおさまった。

トニーが、ノエルのほうに身をかがめる。

「おれの名前はトニー」と、やさしくいう。「おれの名前を知ってるんだから、いつでも思い出してくれ。トニーだ。おぼえたよな？」

それから、両手首を警官たちに突きだした。

「逮捕される前から手錠をはめてるとは、できすぎた事件だぜ！」

「ヴァンサンはどこだ？」と、主任刑事。

トニーは頭をかしげて、隣のサロンのほうを指した。

ノエルがまた、すすり泣く。

「あなたを監獄に入れるなんて、いやだ！　いやだ！　命がけで、ぼくを守ってくれたよ。この人はぼくの友だちの、トニーさ……ぼくの友だち……」

少年の悲しい告白に、トニーはすっかり心を動かされている。

「そうだとも、そうだとも、ノエル・サンタ！　もう泣くんじゃない。それじゃあ、監獄に絵葉書を送ってくれよ。ヒバリってサインするだけでいいんだ。それでわかるから」

★

「リュドヴィック学園第五学年表彰式。受賞者は以下のとおり。名誉賞、最優秀生徒賞、文法最優秀賞、正書法最優秀賞、フランス語作文最優秀賞、ラテン語翻訳最優秀賞、ラテン語作文最優秀賞、英語最優秀賞、数学最優秀賞、歴史・地理最優秀賞、歌唱最優秀賞、以上の賞は、次の生徒に授与されます。ノエル・ド・サンテーグル」

リュドヴィック先生自身が、演壇の上から、学年末の表彰結果を発表した。

例年どおり、ノエルの全勝だ！

でも、今年のセレモニーには、いつもの年とはちがう特徴があった。

というのも、誰もが、目隠し鬼遊びから始まったあのドラマチックな冒険のことを知っていたからだ。新聞は、ひどく細かいエピソードにいたるまで、冒険談を書き立てたうえに、ヒーローたちの写真まで掲載したのだ！　ノエル、ドミニック、ババ・オ・ラム、アンチョビ・フェースの少年探偵団から、二人のギャングとトニー、それにスプートニク・ドゥの写真まで！　このプードル犬は、じつはノエルではなくて、前のご主人を探していたが、最後には少年を見つけたのだった！

きらびやかな花輪《ギルランド》で飾られたホールに、生徒たちの親や特別参加の招待客（十六区の区長、司法警察長官、教区の司祭たち）が集まり、ひときわ大きな拍手が響いた。それに、もちろん、新聞、ラジオ、テレビ、ニュース映画のムッシューたち。

ストロボのマグネシウムが爆発し、カメラのフラッシュがつぎつぎと光る。

山のように積まれた副賞の本を受け取ろうとして、演壇から降りる時、ノエルはこみあげる感動を隠して、にっこり笑った。マリレーヌは、最前列のド・サンテーグル氏と司祭のあいだに座っていた。じつは、彼女がとくにお願いして、自分から副賞の本をわたすことになっていたのだ。

ノエルが前に進むにつれて、マリレーヌの左手は夫の右手を強く握った。息子がそばに来た時、彼女は力いっぱい抱きしめて、泣き崩れた。

その瞬間、すべての母親たちの眼が涙でキラキラ光っていた。

少し間をおいて、リュドヴィック先生が発表を続ける。

「学友善行賞は、本学生徒の全員一致により、ドミニック・デュラックに授与されます！」

この学校でいちばんものぐさな生徒の、あのドミニックだ！（彼が何かの賞をもらったのは、これが初めてだった！）

ドミニックが受賞にふさわしい、どれほど勇敢な手柄を立てたか、みんながよく知っていた。雷のような拍手が響き、全員の視線は「グラン・シェフ」から、その忠実な副官ババ・オ・ラムへむけられた。ドミニックに賞を授ける役目を、北アフリカの少年が引き受けたのだ。最前列で、デュラック夫妻のあいだに座って、ババ・オ・ラムは誇らしい気持ちで、恥ずかしくさえ感じていた！

そして、出席者のうちで、いちばん力強い拍手を送ったのは、ドミニックが手錠を拝借したあのアメリカ軍の憲兵（ＭＰ）だった。彼はもう、少年の異例なふるまいを許していた。

それに、あの人騒がせな秘密のメッセージの若いカップル、おめでたいアルチュール・ド・ラ・フィユレと宝石商の娘ジュヌヴィエーヴも出席していた。彼らのしたことも、大目に見られた。

授賞式のあとは、お祭りだ……

低学年の少年少女が寸劇を演じた。いちばん年少の生徒たちは北米先住民の衣装を着て、頭の皮の踊り《スカルプ・ダンス》を踊ってから戦争ごっこを始めて、最後に平和の誓いを立てた。

でも、みんなが待っていたのは、もちろん、あのやさしい老人、ヴァンサン先生が指揮する《やさしいヒバリ》の合唱だった。

とくに、ノエルのソロだ。

ラジオのレポーターが演壇にマイクを置いた。実況中継だ。

そして、ノエルが歌う。

親たちもお役人たちも、みな目を閉じてあの水晶のような声に耳を澄ませた。

アルエット・ジャンティユ・アルエット
アルエット・ジュ・トゥ・プリュムレ！
ジュ・トゥ・プリュムレ・ラ・テット……
ヒバリさん、やさしいヒバリさん
君の羽根をむしっちゃえ

君の頭もむしっちゃえ……

でも、ノエルが歌ったのは、彼らのためではなかった。とくに、ド・サンテーグル夫妻のためというわけでもなかったし、ドミニックやババ・オ・ラムやアンチョビ・フェースのためでさえなかった。この瞬間に、ラジオの放送で歌を楽しんでいる数十万人の聴衆のためでもなかった。

ノエルが歌ったのは、心の中にはじめて彼の場所を作ってくれた人、そして今ではフレーヌ（パリ南郊の小都市）の刑務所で服役中の男のためだった。といっても改悛の情が認められて、比較的短い刑期になる見通しで、ド・サンテーグル氏がトニーのために特別に嘆願してくれたのだ。裁判による処罰は、トニーがしたことにくらべればそれほど重要ではなかった。あの大男は自分の命を危険にさらしてノエル少年の命を救い、警察に自首したのだから。

ノエルは、学年末の表彰式の日にラジオのマイクの前で歌うことを、トニーへの絵葉書で知らせていた。刑務所の所長か主任看守が《やさしいヒバリ》の歌を聞くことをトニーに許可してくれるだろうと、少年は確信していた。

もちろん、規則では刑務所の公務員がセンチメンタルになることは禁止されているはずなのだが！だから、その日、トニーは所長の応接室に招待されてラジオの前に陣取り、食前酒《アペリチフ》を味わいながら煙草を吸うというわけにはいかなかった。

トニーは、その日も独房にいた。十字に組まれた頑丈な鉄格子のはめられた天窓からは、空のすみっこが見える——ちょうどその時、この空を、あの「ノエル・サンタ」の声が、ヒバリの歌のように、ラジオの電波に乗って飛んでいるのだ。

ジュ・トゥ・プリュムレ・レ・パット
エ・レ・ジュー
エ・レ・ジュー
エ・ル・ベック
エ・ル・ベック……
君の脚をむしっちゃえ
それから目もね
それから目もね
それからくちばしもね
それからくちばしもね……

とはいえ、特別に寛大なはからいで、主任看守がトニーの独房に、ラジオを一台運び入れてくれたから、ノエルの願いは実現した。
ラジオを踏み台の上に置いて、二人は一緒にあの歌を聞いていた。

ジュ・トゥ・プリュムレ・ラ・キュー

エ・レ・パット
エ・レ・パット
エ・ル・ベック
エ・レ・ジュー
エ・レ・ジュー
エ・ラ・テット
エ・ラ・テット！
アルエット・ジャンティユ・アルエット
アルエット・ジュ・トゥ・プリュムレ！
君の尾羽をむしっちゃえ
それから脚もね
それから脚もね
それからくちばしもね
それからくちばしもね
それから目もね
それから目もね
それから頭もね
それから頭もね！

ヒバリさん、やさしいヒバリさん
君の羽根をむしっちゃえ！

囚人と看守は、顔を見合わせて、にっこり笑った。

歌を聞きながら、トニーはノエルから届いた絵葉書を見つめている。これが百回目だ。

純情あふれる愛らしい絵葉書で、小さな花束のようだった。金ボタンをちりばめたようによく実った麦畑と、マーガレットやヒナゲシの花畑の上を、七色の羽根の鳥たちが飛びまわって、ブルーとピンクの大空に虹がかかっている。まるで、天国のパラダイスのお祭りに飾る大きな花輪みたいだ！

そして約束どおり、絵葉書のサインは――ヒバリ！

ALOUETTE！

訳者あとがき

I・本書について

原書初版表紙（訳者蔵書）

『サインはヒバリ　パリの少年探偵団』は、フランスのミステリ作家ピエール・ヴェリー（一九〇〇～一九六〇）がジュニアの読者のために執筆し、アシェット社から一九六〇年に出版された探偵小説 Signé:Alouette（Hachette, Bibliothèque verte, 1960）の全訳です（一九九四年版も参照）。

原題は「サインはヒバリ」ですが、戦後間もない一九五〇年代のパリの街や学校を舞台に、十代前半の少年たちが協力して難解な事件を解決するストーリーなので、副題に「パリの少年探偵団」をつけ加えました。「ジュニア向き」とは、初版がアシェット社の伝統ある児童文学文庫「緑の図書館」（『ドラゴンボール』も入りました）の一冊として出版され、その後の一九九四年版にも「十一歳から」とあるためで、さまざまな境遇の少年たちが困難を乗り越えて、誘拐された仲間を捜索する波乱に満ちたストーリーは、もちろんジュニアからシニアまで、世代を問わずに楽しんでいただける傑作です。

それでは、アシェット社初版の「作品紹介」を参照しながら、ごく短く要約しておきましょう――学校の前に突然現れた目の見えない大男、気がつくと窓には秘密のメッセージが……。白昼堂々と誘拐された中学生ノエルを探して、学友の少年探偵ドミニックたちがパリの市街をさまよう危険な冒険（ギャング団の登場、秘密の館、アメリカ軍の手錠など）に挑みます。少年探偵団を導いてくれるのは、大型のプードル犬スプートニク・ドゥと《やさしいヒバリ》の童謡だけなのです。彼らは、果てしない迷路に消えたノエルを見つけだして、最悪の危険から救い出せるでしょうか？

本書のあらすじは以上のとおりですが、作品の理解を深めるためにいくつかのことがらを補足しておきましょう。作者ヴェリーの生涯と主要作品などについてはⅡをお読みください。

＊《やさしいヒバリ》――作品中に何度も登場するこの歌（Gentille Alouette）は、もともとフランスの童謡で「アルエット・ジャンティユ・アルエット」（ヒバリさん、やさしいヒバリさん）のリフレーンが親しみやすく、昔から学校や家庭でさかんに歌われていましたが、十九世紀後半にカナダに伝わって以来、フランスとカナダでとても人気があります。かわいいヒバリの羽根や頭を「むしっちゃえ」というホラーめいた歌詞ですが、訳者の印象では、愛らしい小鳥を「着せ替え人形」のようにつぎつぎと変身させるイメージともいえそうです。じつは、一九五五年の映画『悪魔のような女』（アンリ＝ジョルジュ・クルーゾー監督、シモーヌ・シニョレ主演。一九九六年にシャロン・ストーン主演でリメイク）に、主人公の女性がクリーニング店を訪れると店員がこの歌をくちずさんでいる場面が出てくるので、よかったら探してみてください。ちょうど本書の原書刊行数年前の映画であり、

シネマの世界でも活躍した作家ヴェリーにヒントをあたえた可能性もありそうです。なお、本文中に「ヒバリ・パテ」のラジオ・コマーシャルが登場しますが、フランスではヒバリはウズラ（caille）などと同様の食材で、冷凍食品で購入できます。

＊フランスの学校制度――原則として六歳から十八歳までの初中等教育は、小学校が五年制の「エコール・プリメール」（準備学年、初級一、二年、中級一、二年＝第七学年）、中学校が四年制の「コレージュ」（学年が日本と逆で第六、第五、第四、第三学年）、高等学校が三年制の「リセ」（第二、第一、最終学年）となります。本書の「リュドヴィック学園」は私立の小中高一貫校のようです。フランスの学校で日本と異なるのは「落第」制度で、学年末に一定の評価基準に達していないと本書の主人公ドミニックのように原級にとどまることがあります。逆に、優秀な生徒には「飛び級」があり、ノエルの場合は十一歳で「第五学年」（通常は十二歳）なので「飛び級」かもしれません。また、給食《カンティーヌ》は強制ではなく、昼食を自宅で取ることもできます。

＊アルファベットの暗号――本書のミステリーとしての魅力のひとつは第二章「不思議なメッセージ」以下につぎつぎと現れるアルファベットの暗号です。第三章で読み解かれるとおり、ある文字をその直前のアルファベットで置き換えただけの単純な暗号（B↓A、解読の場合はその逆）で、シフテッド・アルファベット・コードのいちばん初歩的なタイプです。たとえば、アーサー・C・クラーク『二〇〇一年宇宙の旅』のスーパーコンピューターHALをこのコードで解読するとH↓I／A↓B／L↓Mですから、なんとIBMになってしまいます！　もちろん、クラーク自身の発想ではなさ

スプートニク・ドゥ

2CV フルゴネット

シトロエン・トラクション

原書初版挿絵より（訳者蔵書）

そうですが。本書ではほとんどの暗号がドミニックによって解読されますが、第二章には、翻訳されていない秘密のメッセージが二つ現れるので解読しておきましょう。

三〇頁――Q B T D F T P J S E F N B J O → PAS CE SOIR DEMAIN

「今夜はだめ、明日」

三四頁――D F T P J S X V I I X X X → CE SOIR XVII XXX

「今夜一七時三〇分」（X以下はローマ数字）

＊犬や自動車など――この作品ではペットショップで、プードルからグレートデン、ハスキー、ダックスフント、スカイテリアなどさまざまな犬種が登場し、少年探偵団のプードル君の先導でセーヌ河畔の世界最初の動物霊園に迷いこむエピソードなどもあり、惹き込まれます。この犬がスプートニク・ドゥと命名されるのは、一九五七年にロシア（当時ソ連）が打ち上げた人類初の人工衛

星からの連想でしょう。また、全編を通じてシトロエンの大型セダン・トラクションやデリバリー用ライトバン・フルゴネット、往年の高級アメ車ビュイックが市街やブーローニュの森を走りまわる場面には、戦後復興を遂げたばかりのパリの解放的な雰囲気がしのばれます。米軍の憲兵（MP）が、はからずも重要な役割を演じるのも当時の世相の反映であり、本書は事件解決の期待に加えて、時代を超えるパリの魅力を実感できる貴重なミステリーなのです（本書に登場する街路はみな実在しますが、フレール・パテルヌ通り rue des Frères-Paterne だけは作者の創作のようです）。

訳文中の引用文献は、以下の邦訳を使用・参照させていただきました。

二七頁——ジャン・ラシーヌ『エステル』（第一幕一場）、『世界古典文学全集』（第四八巻）、福井芳男訳、筑摩書房、一九六〇年、四四七頁。

三六頁——『ラ・フォンテーヌ寓話』（「雄鶏と狐」）、市原豊太訳、白水社、一九九七年、五四頁（一部改変）。

一六七～一六八頁——オー・ヘンリー「赤い酋長の身代金」（『オー・ヘンリー傑作選』、大津栄一郎訳）、岩波文庫、二〇〇五年、一七二頁以下参照。

Ⅱ・ピエール・ヴェリーの生涯と作品について

1・生い立ちから作家デビューまで

ピエール・ヴェリーは一九〇〇年十一月十七日、フランス南西部シャラント県（県庁所在地はアン

『絶版殺人事件』初版表紙（訳者蔵書）

グレーム）の小さな農村ベロン（Bellon）で、裕福な地主の家庭に生まれました。母親のフランソワーズは想像力豊かな女性で、幼い息子におとぎ話をたくさん話して聞かせたようです。父親のエドモンは理系のバカロレア（大学入学資格試験）に合格し、中等教育の数学教員になりました。

　少年時代は小学校まで自然に恵まれた地元で暮らし、「恐ろしい森」をさまよったり、家族と一緒に子牛を市場に連れて行ったりしたと、ヴェリーは後に回想して「途中で、子牛に親指を差し出すと、その子は母の乳を飲むように私の指を吸った。可愛そうなおバカさん！」と、当時を想い出していますが、多感な男の子の心境がしのばれます。都会から孤立したその頃の農村の案外複雑な人間模様などは、初期の小説『ポン・テガレ』（一九二九年。題名は「見失われた橋」の意。未訳）や『赤い手のグッピー』（一九三七年。古い農家に隠された財宝をめぐる怪事件。未訳）などに描かれているとおりです。ヴェリー少年は教員だった父親の影響もあり読書に熱中し、ロマン派の大作家シャトーブリアンからＳＦ小説の元祖ジュール・ベルヌまで、さまざまな文学作品を読み漁っていました。中等教育では、最初アングレームの学校に入りますが、一九一三年からは、母が亡くなったこともあり、パリ西郊の町モーでカトリック系のコレージュ・サント・マリーの寄宿生となりました。この学園では、友人たちと三人組の冒険少年団「シシュ・カポン」（サーカスのピエロから発想）を結成して、「その名に値する冒険者の必須アイテムリスト」を作ったり、アメリカへの「密航」を本気で企てたりしたほどです。

　この頃の中学生たちのやんちゃな交流は代表作『サン・タジルの失踪者』（一九三五年。未訳）に直接反映されていますが、本書『サインはヒバリ　パリの少年探偵団』にもその面影があります。一九一五年、コレージュの先生ベルナール神父が、作文の得意な十五歳の少年に注目して「ヴェリー、君は十五年後に小説を出版するぞ！」と予言したことを、本人はけっして忘れないでしょう。神父の予言どおり、彼は一九三〇年に『絶版殺人事件』（佐藤絵里訳、論創社刊）で第一回「冒険小説大賞」（GRAND PRIX DU ROMAN D'AVENTURES）を受賞します（日本では「フランス冒険小説大賞」などと紹介されますが、前頁の初版表紙図版の通り原語に「フランス」はありません）。原題の意味は『バジル・クルックスの遺書』で、トゥーサン・ジュージュの筆名で発表されました（Toutsaint Juge, *Le Testament de Basil Crookes*）。この賞は冒険小説コレクション《仮面《ル・マスク》シリーズ》を刊行するパリのシャンゼリゼ書店が創設し、現在まで続いています。当時はフランシス・カルコ、ジョゼフ・ケッセル、ピエール・マッコルランらの著名作家が審査員でした。「冒険小説」といっても《仮面シリーズ》にはアガサ・クリスティーの『アクロイド殺し』やコナン・ドイルの『恐怖の谷』なども入っていて、フランスではミステリーも含むジャンルとされています。なお受賞直後に「トゥーサン・ジュージュ」は「ピエール・ヴェリー」であることが明かされたため、この筆名の作品は一点だけのようです。

　話が前後しますが、ヴェリーの高校時代に父親は複雑な事情で教職を離れ、パリに移って布地の仕入業など雑多な職業に就いたので、彼もパリで暮らすことになります。父の仕事を手伝いながら、ヴェリーは父の友人の息子で二歳年下のピエール・ベアルン（Pierre Béarn）と親しくなりました。ベアルンの父はパリのマラコフ大通りのレストランのオーナーだったので、彼が本書のドミニックのモデルになった可能性もあります。二人のピエール（ヴェリーとベアルン）は冒険少年で、日本を含む東洋諸国を巡る作品を書いたピエール・ロティ（『お菊さん』などの著者）やクロード・ファレール（日露戦争に取材した『戦闘』などの著者）を愛読して、インドから世界一周の旅を夢想したほどでした。夢は叶いませんでしたが、その後二人は自転車競走に情熱を燃やし、パリ＝ルーアン自転車ロードレースに選手として正式に参加したほどです。上位三十人に入れず、新聞に参加選手の名前が載っただけでしたが、結果を恐れないチャレンジ精神がうかがわれるエピソードです。二十歳を過ぎた頃、ヴェリーの冒険の夢はマルセイユの港でようやく実現します。といっても、残念ながら世界一周航海ではなく、地中海航路の貨物船「ウエド・イケム」の雑役夫の仕事でした。結局、ひどい船酔いに悩まされながらカサブランカの裏通りなどを「死ぬほど疲れ切って」さまよっただけのようでも、「胸おどる歓び」が体験できたと彼は回想しています。

そんな個性的な「冒険家」のヴェリーでしたが、一九二四年、パリ六区のムッシュー・ル・プランス通り六〇番地に小さな古本屋「ギャラリー・ゾディアック」を開店したことがきっかけになって、文学の世界に接近することになります（江戸川乱歩もほぼ同じ頃、一九一九年に上京して団子坂に古書店「三人書房」を開いています）。コレージュ・サント・マリーを退学してから二十代なかば頃まで、郵便局員や出版社の社員、保険会社の書類係など、雑多な仕事で生計を立てていたヴェリーでしたが、「ギャラリー・ゾディアック」の経験を通じて文壇への道が見えてきたのです。というのも、この古書店は一九一五年にアドリエンヌ・モニエが始めて当時のパリの先端的作家たちが集まったオデオン通りの貸本屋兼文学サロン「本の友の家」に近く、ジッドやジロドーなどの有名作家が店をのぞいて、若い店主ヴェリーと言葉を交わすことがあったようです。この時期の実りある経験をもとに、彼は一九二八年に『レオナール、または古本屋店主の悦楽』を執筆して文芸誌《Nouvelles littéraires》に連載、「閉鎖的な文壇の鍵を手に入れた」（後述のジャック・ボードゥーの言葉）のでした。それ以来、ヴェリーは執筆に専念するようになり、一九二九年にはフランスを代表する出版社ガリマール書店から『ポン・テガレ』（前出）を刊行して、有力な文学賞ルノドー賞とフェミナ賞の候補となる成功を収めました。ちなみに、この年のルノドー賞受賞作はマルセル・エーメの『飢えた人々の食卓』（*La Table-aux-Crevés*。未訳）でした。こうして、作家として幸先の良いスタートを切ったヴェリーは、一九三二年に「ギャラリー・ゾディアック」を親友ベアルンに譲ることになるのです。

2・ヴェリー文学の特色と主要作品一覧

文壇デビュー以後の作家ヴェリーの経歴については、彼の文学の特徴と主要作品にふれるだけにしておきましょう。

出世作『絶版殺人事件』が複雑な事件の謎を解く探偵小説だったように、ヴェリーの作品の多くはミステリーのジャンルに分類されますが、ヴェリー文学の「ミステリー」は、「謎解き」にある種の客観性が要求される多くの探偵小説とはやや傾向が異なり、「作家自身の夢想や幻影」（本人の言葉）が基調低音となっているように思われます。ヴェリー本人も、『絶版殺人事件』で冒険小説大賞を受賞した直後のアンケートに、こう答えていました――「作家自身の夢想や幻影から世界を再創造すること、それが作家の役割であるように私には思えるのです。私の書く探偵小説はある種の大河物語のような作品で、千一夜物語の色調をめざしています。そこでは不思議な幻想が重要な位置を占めているので、私の探偵小説が大人のためのおとぎ話になることを願っています」（《Revue mondiale》誌一九二九年十二月一日号）。
とりわけ、本書『サインはヒバリ　パリの少年探偵団』との関わりで注目されるのは、「大人のためのおとぎ話」という表現が示しているように、「少年時代」がヴェリーの作品群の重要なテーマになっていることです。この点については、『ピエール・ヴェリー選集』全三巻（シャンゼリゼ書店刊）の編者ジャック・ボードゥーが一九九〇年代にこう述べていたことを紹介しておきましょう。ボードゥーはミステリー中心の文芸批評家で、現在「探偵小説大賞」（一九四八年に創設された伝統ある文学賞）の審査員です——「ミステリーと夢の冒険とファンタジーが織り成す彼の《大河小説》のような探偵物語は、独特の詩学を見出すことができた。ピエール・ヴェリーの全作品の重要な特徴は、少年時代がそこで占める位置なのである」

甘美なノスタルジアにとどまらないこの強い思いが世代を超えて読み継がれるヴェリー文学の幅広い魅力になっていることは、『サン・タジルの失踪者』などの「学園」ものが映画化されて人気を博したことからも明らかでしょう。没年に出版された本書で、彼は生涯の最後に「失われた少年時代」に戻ろうとしたのかもしれません。

ピエール・ヴェリーは、妻ジャンヌ（Jeanne Rouvin）と三人の子どもたちを残して、一九六〇年十二月十二日、六〇歳で、パリで急逝。本書の舞台となった十六区のパッシー墓地（第一〇区画）に埋葬されました。息子の名前は、本書の主人公と同じ「ノエル」（Noël）です。最近、ノエル・ヴェリーは、父のピエール・ヴェリーと友人たちの「ギャラリー・ゾディアック」をめぐる交流について、エッセー『ゾディアックの仲間たち』（レオナール書店、二〇一〇年。未訳）を出版しています。

では、ヴェリーの主要作品を年代順に挙げておきましょう（原書が入手・参照可能な上記『三巻選集』収録作品中心。邦訳書がない作品は未訳です）。

1929『ポン・テガレ』*Pont-Égaré*
1930『絶版殺人事件』（佐藤絵里訳、論創社）*Le Testament de Basil Crookes*
1931『変身』*Les Métamorphoses*
1934『オルフェーヴル河岸の殺人』*Meurtre Quai des Orfèvres*
『サンタクロース殺人事件』（村上光彦訳、晶文社）*L'Assassinat du père Noël*
『四匹の毒蛇』*Les Quatre Vipères*
1935『サン・タジルの失踪者』*Les Disparus de Saint-Agil*
1937『老婦人たちのお茶会』*Le Thé des vieilles dames*
『赤い手のグッピー』*Goupi-Mains rouges*
1944『サン・ルーの卒業生』*Les Anciens de Saint-Loup*
1948『パリの赤い手のグッピー』*Goupi-Mains rouges à Paris*
1959『サンタクロースの反乱』（村上光彦訳、晶文社）*La Révolte des Pères Noël*
1960『アヴリルの相続人』*Les Héritiers d'Avril*
『サインはヒバリ　パリの少年探偵団』（本書。塚原史訳、論創社）*Signé: Alouette*

ピエール・ヴェリーの作品は、『サンタクロース殺人事件』、『サン・タジルの失踪者』（二作ともクリスチャン・ジャック監督）、『赤い手のグッピー』（ジャック・ベッケル監督）などが映画化されています。『赤い手のグッピー』についてはＤＶＤ版（東北新社）の解説で、フランス文学者の野崎歓氏が「農村を扱ってこれほどスリリングで緊迫感あふれるドラマをほかに知らない」と書いているほどです。それ以外にも、クリスチャン・ジャック監督の『天使たちの地獄』（一九四一年）や『パルムの僧院』（スタンダール原作、ジェラール・フィリップ主演、一九四八年）、イヴ・シャンピ監督（岸恵子と結婚）の『奴隷』（エレオノラ・ロッシ・ドラゴ主演、一九五三年）、アンドレ・ミシェル監督の『家なき子』（エクトル・マロ原作、ピエール・ブラッスール出演、一九五八年）など、多くの映画シナリオを執筆しており、映画は、出版に加えて、彼の重要な活動領域でした。また、当時（一九三〇～五〇年代）はまだラジオの時代だったので、ラジオドラマも手掛けていたようで、マルチタレント作家ヴェリーの全貌が再発見される機会が待たれます。

『ピエール・ヴェリー三巻選集』原書表紙（訳者蔵書）

＊「訳者あとがき」には『サインはヒバリ　パリの少年探偵団』初版原書（前出）、『ピエール・ヴェリー選集１・３』「ジャック・ボードゥー解説」（*PIERRE VÉRY 1/3*, Librairie des Champs-Élysées, 1992/1997 , Présentation par Jacques Baudou）などを参照しました。

★

本書刊行にあたっては、企画から校正、出版まで、論創社の森下紀夫氏、柳辰哉氏、黒田明氏、森下雄二郎氏に大変お世話になりました。この場を借りて厚く御礼申し上げます。訳者がフランス政府給費留学生として初めてパリで暮らしたのはもう半世紀近く前ですが、今回の翻訳を通じて当時の記憶がよみがえり、新たな感動を覚えたことを最後につけ加えさせて下さい。

二〇二三年九月

塚原　史

〔著者〕
ピエール・ヴェリー
1900年、フランス、シャラント県ベロン生まれ。1929年に“Pont-Egaré”で作家デビューし、30年に「絶版殺人事件」で第一回冒険小説大賞を受賞した。作家活動のほか、シナリオ執筆を含む多彩な執筆活動を行う。1960年死去。

〔訳者〕
塚原　史（つかはら・ふみ）
早稲田大学政治経済学部卒業。京都大学大学院文学研究科修士課程（フランス文学専攻）修了、パリ第三大学博士課程中退。専攻はフランス文学・思想、表象文化論。訳書にボードリヤール『消費社会の神話と構造』（共訳、紀伊國屋書店）、『ダダ・シュルレアリスム新訳詩集』（共訳、思潮社）、ヴェイヤール『その日の予定』（岩波書店）、エリボン『ランスへの帰郷』（みすず書房）、ソヴァージョ『ボードリヤールとモノへの情熱』（人文書院）など。早稲田大学名誉教授。

サインはヒバリ　パリの少年探偵団《しょうねんたんていだん》
——論創海外ミステリ　303

2023年10月1日　初版第1刷印刷
2023年10月15日　初版第1刷発行

著　者　ピエール・ヴェリー
訳　者　塚原　史
装　丁　奥定泰之
発行人　森下紀夫
発行所　論 創 社

〒101-0051 東京都千代田区神田神保町2-23 北井ビル
TEL:03-3264-5254　FAX:03-3264-5232　振替口座 00160-1-155266
WEB:https://www.ronso.co.jp

組版　加藤靖司
印刷・製本　中央精版印刷

ISBN978-4-8460-2320-1